JN068170

メディアワークス文庫

異常心理犯罪捜査官・氷膳莉花

嗜虐の拷問官

久住四季

目　次

CHARACTERS

異常心理犯罪捜査官・氷膳莉花　嗜虐の拷問官

登場人物

氷膳莉花（ひぜん りか）

警視庁捜査一課の新米刑事。どんなことにも動じないため、付いたあだ名は「雪女」。

阿良谷静（あらや しずか）

未決死刑囚。若くして名を成した天才的な犯罪心理学者であったが、一方で数々の犯罪を計画した凶悪犯。

仙波和馬（せんば かずま）

警視庁捜査一課の警部補。殺人犯捜査第四係、仙波班を率いる。数々の現場を踏んだ百戦錬磨の猛者。

尚澄将生（なおすみ まさき）

警視庁警務部人事一課監察係の監察官。いわゆるキャリアで、若くして警視の階級に就いている切れ者。

宝田久徳（たからだ ひさのり）

阿良谷の弁護士。見た目はエリート然とした好青年だが、ひょうひょうとして腹の底が見えない人物。

プロローグ

拷問は至高の刑罰だ。

その源流は、実に紀元前にまで遡る。長い時間をかけて人体を知り尽くし、考え抜かれ、洗練されていったそれは、人に究極の苦痛と後悔を味わわせることができる。咎人《とがにん》は血と涙を流して絶叫しながら、己の犯した罪の重さを文字通り身をもって知るのだ。それがどうして現代では廃れてしまったのか――そのことを、僕は心から残念に思う。

例えば現代司法の問題の一つとされているのが、終身刑と極刑の間には大きな隔たりがあるということだ。日本国内での無期懲役は、厳密な意味での終身刑ではない。受刑者はやがて刑務所から出てきて、再び社会で生きることを許される。だが、その上の極刑には取り返しのつかない死しか用意されていない。この二者の隔たりを埋めることはできないのだろうか？

もちろんできる。

その答えこそが、拷問なのだ。

古来人類が研鑽《けんさん》を積んできた、人に苦痛と恐怖を与える術《すべ》を刑罰に取り入れ、そのバリエーションを広げる。そうすれば、より緻密で精確な量刑が可能となるだろう。罪には、それに見合った正しい罰を与えなくてはならない。閉じ込めておくか殺すか。そんな二者択一はおかしいのだ。

もちろんこの考えが異質であり、今の社会に受け入れられないことは自覚している。しかし異質であるか否かとは、要するに数の多寡だ。この考えが決して無視できない一定数の賛同を集めたとき、異質は異質でなくなるだろう。

そのためにも僕はますます精進しなくてはならない。どんな罪にどれだけの罰が適切か、研究しなくては。その〝会場〟の準備もすでに済ませてある。

そして、そう――何よりも避けて通れないのは、やはり実地だ。

やり方はいくつもある。が、そこはきちんと様式に則《のっと》ったものが望ましい。

だから、最初に試すべきは〝目潰し〟がいいだろう。

まず〝受刑者〟の身体《からだ》をロープで椅子に縛り付ける。暴れるかもしれないので、椅子の脚はきっちり床に留めておく。その状態であごを上げさせ、頭を椅子の背もたれに縛って固定する。叫ぶようならタオルを口に押し込んだ上で猿轡《さるぐつわ》を嚙《か》ませる。

次に取り出すのは釘《くぎ》だ。五寸釘がいい。十五センチほどの長さのそれを、ハンマーで受刑者の両目に一本ずつ打ち込む。釘はゼリーのように眼球を貫き、受刑者は光を失う。

全身をバネ仕掛けのように跳ねさせるが、椅子に固定されているため、身動きして痛みを紛らわせることもできない。絶叫もすべて猿轡で受け止められる。まさに地獄そのものだ。が、もちろんそれで終わりではない。

今度は蠟燭《ろうそく》だ。それを受刑者の両目から生えた釘に刺し、火をともす。やがて溶けた透明な熱い蠟が釘を伝い、受刑者の両眼窩《りようがんか》に入り込む。文字通り目の奥が焼かれていく責め苦に、受刑者は苦悶《くもん》と絶叫を爆発させ、涎《よだれ》と脂汗を流す。あるいは失禁もするかもしれない。

しかし、それで死なせてしまっては何の意味もない。

重要なのは、受刑者が実際にどんな懺悔《ざんげ》の言葉を口にするか、苦痛がどれだけ人に反省と後悔を促せるのか、見きわめることだ。

ゆえに、こちらも冷静であらねばならない。まして、私情を挟むことなどもってのほかだ。

ああ、それでも僕はきっと我知らず、頑張れ、と口にしてしまうだろう。

この責め苦に耐えたとき、君は君の罪を許される。

だから、頑張りなさい、と。

………。

そう、僕はきっとやり遂げなくてはならない。

なぜならそれが正しい社会であり、ひいては、すべての人類の幸福のためなのだから。

第一話「密告」

1.

物のやりとりは一切できない。房の強化ガラスに近づきすぎないように。接見時間は十五分まで——。例によっていつもの説明を担当医から受けたあと、会話はすべて録音録画するという旨の同意書にサインをして、私はやっと詰め所の先へ進むことを許された。

正直に言えば、ここに来るたび同じ手続きを踏まなければいけないのはすこぶる面倒だ。けれどルーティン化したやりとりは、セキュリティ上のエラーを防ぐためでもあるのだろう。実際、どれだけ厳重にしてもやりすぎということはない。この先にいるのは、それだけの注意を払ってしかるべき人物なのだから。

戦々恐々といった様子の担当医に見送られ、扉が閉まる重々しい音、電子ロックが下ろされる機械的な音を背後に聞きながら、私はゆっくり廊下を進んだ。

外界では、すっかり秋から冬への移り変わりを感じる日々が続いている。けれどここ――《東京警察医療センター》精神科病棟の地下は、相変わらず気温も湿度も空調で保たれており、無機質なほどに変化がなかった。

以前はこの廊下を歩くとき、彼の異質な存在感を肌で感じて気後れすることもあった。ただ、今となってはそういったこともあまりない。警察官と犯罪者の間には、ときに妙な共感が生まれることがあるともいうけれど、彼と私の場合はそれともまた少し違う。ある人の言葉を借りれば、私たちは今やはっきりと〝共犯関係〟にあるからだ。

廊下はまっすぐ延びており、左手にガラスが嵌《は》め殺《ころ》された無人の房がいくつも並んでいる。彼がいるのは、数えて六つ目の房だ。その前で足を止めた私は、彼の姿を認めて言った。

「――ご無沙汰してます、阿良谷《あらや》博士」

房は、六畳ほどの広さのスペースになっている。LEDの白々とした照明の下、床や壁は廊下と同じ白で、右手にシーツのかかったベッドが設《しつら》えられ、左手にはアイアン製とおぼしき簡素な書き物机とスツールが一つずつ置かれている。奥には小さな便器と手洗いだけ。そんなミニマリストの部屋のようにものが少ない空間で、彼は壁に背を預けてベッドに片足を伸ばし、片手で開いたハードカバーの本を読んでいた。

三十六歳だけれど、それよりもずっと若く、どこかあどけなささすら残っているように見える。顔立ちは整っているものの、その目は、この世界のすべてが敵だとでも言わんばかりの険しさを湛《たた》えており、口元からは今にも皮肉と悪態が並んで出てきそうだった。髪はラフに乱れている。ゆったりとした黒のタートルネックに、下は細身のパンツ、足にはベリーショートのソックスをはいていた。

およそ三ヶ月ぶりに顔を合わせたというのに、まったくこちらに気を払う様子がないことも含め、やはり相変わらずだった。一時期は、周囲と一切のコミュニケーションを取らないぐらいにまで荒《すさ》んだ状態だったけれど、近頃はまた安定していると聞いている。それをこうして自分の目で確認できてよかった。

「――一体何の用だ」

本のページから視線を外さないまま、不機嫌さを隠そうともせず、まくし立てるように彼は言った。

「足音の高さと歩調から君だということはわかっていた。だが、特に急いだり気負ったりした気配は感じられない。つまり、何か僕の興味を引くような事件が発生したわけじゃないんだろう。大した用事じゃないならさっさと帰ってくれ。君と違って僕はすこぶる忙しい」

けんもほろろとはこのことだ。

それでも、房にたどり着く前に問答無用で帰れと言われたり、帰らなければ暗示で操って両目を抉《えぐ》り出《だ》させると脅されたりしなくなっただけでも、ずいぶんな進歩かもしれない。

私は、すみません、と断ってから、

「ただ、せめて報告だけでもと思ったので」

と言った。

実際に辞令が出たのは先月のことだ。ただ本決まりになるまで、彼の弁護士にも黙ってもらっていた。ようやく彼との取引を果たせるときが来たのだ。だからこそ、これだけは自分の口から直接伝えたかった。

「この十月から、正式に警視庁本庁の捜査一課に配属されました」

私のその報告に、彼――阿良谷静《しずか》はやっと顔を上げてくれた。無言のままこちらを見る。

私がここに来たときすぐにそうされていなくて、ある意味ではよかったのかもしれない。もしそうされていたら、彼なら一目で私の用件を見抜いていただろう。

なぜなら私のジャケットのラペルには、深い赤に金色の文字で《S1S　mpd》と入った警視庁捜査一課員のバッジが着けられていたからだ。

2.

かつて都内の私立大学で将来を嘱望された准教授でありながら、己《おの》が研究のデータを集めるべく膨大な数の猟奇犯罪の計画に関与し〝怪物〟と呼ばれた犯罪心理学者――阿良谷静。私が彼と初めて接触したのは、もう一年半余り前のことになる。

当局に拘束され、一審では死刑判決を受けたものの、現在高裁へ控訴中の彼は様々な政治的駆け引きの果てに、ここ早稲田《わせだ》の《東京警察医療センター》に収監されている。死刑囚を刑に処すまでの拘束は刑であってはならない、という解釈を盾に、弁護士を通じて大量の本や資料を差し入れさせては研究三昧の日々を送っており、そのせいで彼が生活する房は、担当医たちの間で〝研究室〟などと揶揄《やゆ》されているほどだ。既存の死刑囚の概念を覆すような彼の振る舞いに、当初は私もおおいに閉口したものだった。

そんな阿良谷博士は、実は以前、都内で発生した猟奇犯罪の捜査資料を、私と旧知の間柄であり、また恩人でもある本庁捜査一課の皆川《みながわ》篤《あつむ》管理官から秘密裏に得ていたことがある。警察しか知り得ない事件のデータは博士の研究におおいに貢献していたらしい。けれどその関係も、私が関わることになったある事件をきっかけに破綻してしまった。

そして私はその土壇場で、阿良谷博士にある取引を持ちかけたのだ。

――管理官に代わって、これからは私が事件の捜査資料を博士に提供します。その代わり、私の両親を殺害した犯人を捕まえる手助けをしてください。

二十四年前、私は何者かに両親を殺害された。『世田谷《せたがや》夫婦殺害事件』として巷《ちまた》で取り上げられるそれで、犯人は、なぜかその場にいたはずの当時二歳半の私だけを無傷で放置した。

物心ついていなかった私は、両親の死を悲しむことも、犯人を憎むこともできず、はたしてそんな自分が警察官として適格なのだろうか、と密《ひそ》かにずっと引け目に感じてもいた。

けれど阿良谷博士のおかげで、私はやっと気づくことができたのだ。

どうして両親だけが殺され、私は見逃されたのか。

どうして私は今も生きているのか。

その答えを、私はどうしても知りたい。だから私は刑事になったのだ、と。

そんなどこまでも個人的かつ独善的な理由で持ちかけた私の取引に、それでも阿良谷博士は応じてくれた。

その後、私は奥多摩《おくたま》署《しょ》へ異動になってしまったけれど、このたび直属の上司となった人の手助けもあって、新たに本庁刑事部捜査一課に配属されることが決まったのだ。

ただ。

私の刑事としての先行きは、どうやら本庁でも順風満帆とはいかなそうだった。

本庁捜査一課の中でも、殺人や傷害を担当する殺人犯捜査には、現在第一から十二までの係がある。

私の配属先はその第四係の中の、仙波《せんば》和馬《かずま》警部補が主任を務める班——通称、仙波班だった。

「全員集まってるな」

配属初日である十月一日の朝。

仙波主任の出勤とともに、その場がぴりっと締まるのがわかった。班員である刑事たちは、すぐにそれぞれ席を立って挨拶をする。私もデスクに荷物を収めていた手を止め、それに倣った。そんな私に、主任がちらりと視線をよこす。

五十絡みで背は低い。けれど、太い眉はいかにも押し出しが強く、細い目から放たれている光は闇夜で獲物を狙う猛禽《もうきん》のように鋭い。ややくたびれたスーツも、まさに百錬磨の叩《たた》き上《あ》げといった風情だ。その捜査の剛腕ぶりはたびたび問題視されることもあるものの、仙波班の検挙率は捜査一課どころか刑事部でもトップクラスの数字を維持しており、その結果でもって周囲を黙らせているという。

初めて顔を合わせたとき、私は仙波主任の観察眼と歯に衣着《きぬ》せぬ言葉で、自身の警察官としての半端さを強く自覚させられた。

かつての私は、絶対に犯人を逮捕するという正義感も、手柄を挙げて出世するという功名心も持ち合わせておらず、ただただ上司の命令に従って仕事をこなしているだけだった。けれど仙波主任のおかげで、私は自分でも意識していなかった、刑事を志した本当の理由に気づくことができた。いわば主任は、私が今も警察官で在り続けている、そのきっかけをくれた刑事なのだ。

そして、

――そんなに捜査がしたきゃ、俺がせいぜい鉄砲玉としてこき使ってやる。

今回、私を捜査一課へ拾い上げてくれたのも他ならぬ仙波主任だった。私にとってはもっとも尊敬し、今やもっとも頭の上がらない警察官の一人だ。

そんな仙波主任に、

「主任。笛吹《うすい》のやつがまだです」

班員の一人がそう報告した。

仙波班には主任と私を含めて、全員で八人の刑事がいると聞いていた。けれど、たしかにその場にはまだ七人しかそろっていない。

ああ？　と声を出した仙波主任は、自分の斜向《はすむ》かいに立っている刑事に訊《き》いた。

「立浪《たつなみ》。笛吹はどうした」

同僚となる班員たちのことは配属前に頭に入れてある。主任が声をかけた相手は、立浪慎吾《しんご》巡査部長だ。

年齢は四十代。直立というより屹立《きつりつ》といったほうが正しく思えるような、私からすると見上げんばかりの大柄だ。胸板は厚く、無骨な角刈りや、真一文字に引き結ばれた口元にはどことなく粗野な印象が漂っているけれど、低い声での返事には思いがけず丁寧で繊細な響きがあった。

「申し訳ありません。今朝顔は見たので、出勤はしているはずなんですが」

部下の報告に、仙波主任が眉を寄せたときだ。

「おはようざーす」

刑事部屋に入ってきた男性が、砕けた挨拶とともに仙波班のデスクの島にやってきた。たちまち仙波主任は彼をにらみつける。

「どこで油売ってやがった、笛吹」

けれど男性は怯《ひる》む様子もなく、笑いながら頭を掻《か》いた。

「あーいや、すんません。ちょいとばっかし今朝のは硬くて、便所で手間取っちゃいまして。参りましたよマジで」

同じく班員の笛吹郁人《いくと》巡査長だ。

二十七歳の私と、班内では一番年齢が近い三十歳らしい。中肉中背の身軽そうな身体つきで、けれど調子はそれ以上に軽そうで飄々《ひょうひょう》としている。ただ、どこか憎めない雰囲気を持っており、仙波主任もその尾籠な言い訳に毒気を抜かれたのか、舌打ちすると、

「もういい。さっさと来い」

と、叱責を切り上げた。へーい、という返事をしながら、笛吹巡査長は私の隣のデスクの前に立つ。

仙波主任は仕切り直すように言った。

「知っての通り、今日から新顔が加わる。——氷膳《ひぜん》」

「はい」

仙波主任の紹介で、末席の私に視線が集まった。全員が、どこか観察するような目つきをしている。

私は小さく会釈し、

「奥多摩署から本庁捜査一課に配属されました、氷膳莉花《りか》です。弱輩者ですが、どうぞよろしくお願いします」

両親を殺害された際、そこに一生分の感情を吐き出して置き忘れてきてしまったかのように、私はどんなときでもほとんど感情の揺れが起こらないし、表情を作ることも極端に苦手だ。それでも、新入りのくせに愛想もないのでは受け入れてもらえるはずがな

い。頭を上げると、精いっぱい口角を上げようと試みた。

「…………」

けれど、どうやらあまりうまくいかなかったらしい。その場の全員が不気味に笑う猫でも目の当たりにしたかのような、なんとも言いがたい顔つきになった。

しばしの間のあと、その状況に触れることなく仙波主任は言った。

「……とりあえず、さっさとここのやり方とスピードに慣れろ。それが差し当たってのお前の仕事だ」

「……はい」

私は人知れず少し落ち込みながら頷《うなず》いた。

仙波主任は視線を転じ、

「笛吹」

「はい？」

「氷膳はお前に付ける。使えるように、きっちり仕込め」

げ、と笛吹巡査長は顔をしかめた。

「いやいや勘弁してくださいよ。ただでさえ忙しいってのに、新入りのお守りだなんて」

仙波主任は目を細め、おそらく部下の口答えを容赦なく叱り飛ばそうとしたのだろう、口を開きかけた。

けれど、

「――それに」

笛吹巡査長は不意に、私を横目でにらんで言った。

「主任を前にしてこう言うのもあれですけどね。……そもそも俺は、この〝雪女〟のことをまだ認めたつもりはないんで」

雪女というのは、私の愛想のなさと肌の生白さから付けられた不名誉なあだ名だ。私の行く先々になぜか伝わり広まっているそれは、ここ本庁の捜査一課でさえも同様だった。

仙波主任は、他の部下たちの顔を見た。彼らも笛吹巡査長に同調こそしないものの、決してその発言を咎《とが》めもしない。つまり他の班員たちも、私に対しては多かれ少なかれ同じ気持ちなのだ。

以前、警視庁江東署《こうとうしょ》の刑事課にいた私は、管内で発生した連続猟奇殺人事件の捜査に加わっていた。『江東区《こうとうく》女性連続臓器欠損殺人事件』として知られるそれはなんとか解決を見たものの、その過程で私は阿良谷博士から捜査への助言を得るために、単独捜査や謹慎無視、さらには彼に捜査資料を漏洩《ろうえい》するという服務規程違反を犯し、本庁の査問にかけられた。けれど捨て身の脅しというすれすれのやり方で、懲戒免職となるところを首の皮一枚で免れ、奥多摩署へ異動となったのだ。

　現場の警察官はルールを破った者に対して、基本、徹底的に白い目を向ける。服務規程違反で飛ばされたことがある、絵に描いたような規則破りの私に対し、同僚の反応が冷たいのは当然のことと言えた。

「――まあでも、命令ならやります。ナマ言ってすんません」

　笛吹巡査長は突然態度を翻し、謝罪した。仙波主任の命令なら不満は呑《の》み込《こ》む。彼の下げた頭がそう言っていた。

　仙波主任は険しい目つきのまましばらく部下をにらんでいた。けれど責めることはせず、やがて、

「もういい。立浪、お前がやれ」

と、年嵩《としかさ》の部下のほうに命令する。

「了解しました」

　立浪巡査部長は実直に返事をした。

「以上だ」

　仙波主任が解散を告げたあと、頭を上げた笛吹巡査長は、おうこら、と私を睨《ね》めつけた。

「せいぜい俺たちの邪魔だけはすんなよ、新入り」

配属初日からさっそくの逆風だけれど、それでも無視されて陰口を叩かれるよりはずっといい。

「努力します」

私は先輩刑事に向かって丁寧に頭を下げた。それから立浪巡査部長のデスクへと向かう。

「よろしくお願いします、立浪巡査部長」

「ああ」

立浪巡査部長は表情を変えないまま、あごで廊下のほうを示した。

「ちょっといいか」

私は小首をかしげつつも頷き、彼とともに廊下に出る。

「必要なことだと判断したので、まず手短に訊いておく」

「何でしょう?」

すぐそばに立つと本当に見上げんばかりの立浪巡査部長は、その言葉通り単刀直入に訊いてきた。

「お前を捜査一課に呼ぶために、仙波主任がかなり無茶をしたことは聞いているか」

「え」

私が目を見開くと、立浪巡査部長は低い声で続けた。

「まあ具体的なことは俺も知らん。……ただ刑事部の上層はもちろん、警務部からもにらまれていて、かなり立場を悪くしているようだ」

　仙波主任から、私を本庁捜査一課へ拾い上げると言われたのは今年の六月、奥多摩町《おくたままち》で発生した殺人事件──『奥多摩町逃亡犯皮剝ぎ殺人事件』を解決した直後のことだ。

　私は喜びと感謝を覚える一方で、本当にそんなことができるのだろうか、とも考えた。

　奥多摩町の殺人事件では、私も犯人逮捕に一役買うことができた。犯人は過去にいくつもの殺人を繰り返していた快楽殺人者であり、大きな成果だったとは思うものの、それだけでこれまでに重ねた失点が帳消しにできたはずもない。一体どんな力学が働いて私の本庁入りが叶《かな》ったのか、辞令が下りたときから不思議には感じていたのだ。けれど、まさかそんな事情だったとは思ってもみなかった。

　同時に、私が笛吹巡査長をはじめとする班員たちから歓迎されていないことにも、より納得がいった。彼らは私の規則破りはもちろんのこと、仙波主任の立場を悪くした元凶であることにも不快感を抱いていたのだ。

「正直、俺もお前を拾い上げたことには思うところがないでもない。だが、今更それを言っても詮ないことだ」

　立浪巡査部長は私を見下ろす目を細め、続ける。

「主任の判断は間違いじゃなかった──そう証明してみせろ」

厳しい視線にさらされながらも、私は誇らしい気持ちになった。仙波主任は部下から厚い信頼を寄せられている、私は正しい人に拾われたのだ──そう感じたからだ。

それならば、よりいっそう悠長にしている時間はない。

警察官は、遅くても五、六年で別の部署へ異動になる。ただ本庁捜査一課の場合、二、三年での異動も決して珍しくはない。理由は簡単で、その激務に心身が保《も》たなくなるからだ。まして私は過去の行状のせいで、周囲や上層部からにらまれている。きっと、そう長くはここにいられないだろう。そして、ひょっとするとこれが最初で最後の本庁入りかもしれない。

私が原因で悪くなった仙波主任の立場を回復し、班員の信用を得る。そのために、なるべく早く成果を挙げる。それが、私自身の目的を果たすための最善手でもある。

「はい」

決意を新たに、私は頷いた。


「──時間です。退出してください」

諸々《もろもろ》の報告を手短に終えたところで、廊下天井のスピーカーから接見終了を知らせる担当医の声が聞こえてきた。

「それじゃ阿良谷博士、今日のところはこれで」

暇《いとま》を告げ、踵《きびす》を返そうとしたときだ。

私は、ふと阿良谷博士の様子に不審を覚え、小首をかしげた。

といっても、傍目《はため》には特に変わったところはない。私が話をしている間も、いつものように相槌《あいづち》も打たず、本のページに目を向けていただけだ。

にもかかわらず、

「……阿良谷博士？　大丈夫ですか？」

「何がだ」

こちらの言うことはすべてきっちり聞き取っている。

やはりいつも通りだ。

それでも私が不審を抱いた理由は、もはや直感としか呼べないものだった。

以前のように、房だけでなく廊下まですべて闇に沈めて他者を拒絶するようなわかりやすいものではない。ただこれまでに接見を何度も繰り返した経験から、今の博士にはこれまでと違う感触があると、私の無意識が告げている。

けれど、

「……いえ、また来ます」

すでに時間がなかったこともあって、私は首を横に振った。きっと私の勘違いだろう。

そんな考えを、このときの私は疑っていなかった。

けれど、これから二ヶ月後——。

自分の直感こそがやはり正しかったことを、私は大きな後悔とともに知ることになる。

3.

警視庁本部庁舎はその隠語が示す通り、千代田区霞が関《ちよだくかすみがせき》は地下鉄桜田門駅《さくらだもんえき》のそばに建っている。

地上十八階、地下四階建ての庁舎ビルのすぐ隣には、警察庁と合同で利用する警察合同庁舎、総務省や国土交通省も入った中央合同庁舎第二号館もある。その見るからに官公庁街といった佇《たたず》まいに最初こそ威圧感を感じたりもしたけれど、しばらくするとさすがに慣れてしまった。

本庁での仕事も、所轄のそれとそう大きく変わることはなかった。

出勤は朝七時半である。本部庁舎ロビーの改札のようなゲートを専用のカードをかざして抜け、エレベーターに乗る。捜査一課の刑事部屋があるのは六階だ。

掃除は業者が入っているので、まずお茶を淹《い》れる。班員の出勤に合わせてそれを出し、その後、申し送りを兼ねた朝礼に参加する。その後は、班員たちの書類作成や整理を黙々と手伝って過ごした。大変地味ではあるけれど、これもまた立派な刑事の仕事だ。

　広いフロアは、早朝どころか昼になっても大抵がらんとしている。捜査一課は四百名以上の警察官を抱える大所帯だけれど、そのほとんどが所轄に設置された捜査本部のほうに出張っているからだ。それでもまったく無人になることはないので、ときどき席を立った際によその班の刑事と目が合い、露骨に顔をしかめられたり、舌打ちされたりすることもあった。……私の悪名は、すでに一課中に知れ渡っている。もちろん身から出た錆《さび》なので、鼻つまみ者扱いされるのは仕方ない。せいぜい目障りにならないよう努めよう。そう考えていた。

　けれど、

「おうこら、サボってんじゃねえぞ新入り！　ただでさえお荷物なんだから、きりきりやりやがれ！」

　そういうときに助け船を出してくれたのが笛吹巡査長だった。初日はあれだけ当たりがキツかったのに、一体どうしてだろうか。戸惑いつつも、私は隣のデスクの巡査長にお礼を言った。

「あの……ありがとうございます」

「はあ？」

　すると、笛吹巡査長は小馬鹿にしたような顔つきでこう言い返してきた。

「気持ち悪い勘違いしてんじゃねえぞ。お前のついでに、うちの班まで舐《な》められちゃたまんねえってだけだっつの」

少なくとも仙波班の班員は、私のことを露骨に無視することはなく、ひとまず静観といった構えだった。もちろんそれは、仙波主任への信頼を担保にして成り立っているものだ。私は一刻も早く自らの手で、彼らの信用を勝ち取らなければならない。

私は頷き、大真面目に言った。

「わかりました。よその班から舐められないよう、頑張ります」

笛吹巡査長は、お手玉を始めた猫でも見るような目を私に向けた。

そこへ、

「笛吹。後輩の教育は結構だが、お前の巻いた調書に不備があるぞ」

「いやちょっと、立浪さん。今そういうこと言うところじゃないっしょ……」

配属後すぐにわかったのは、立浪巡査部長は、仙波班における主任の右腕だということだ。実務上の仙波主任の補佐を務め、班員の様子にも目を配り、班員たちからも頼りにされている。

一方の笛吹巡査長は、やはり当初の印象通りに調子が軽く、ムードメーカー的存在ではあるものの、仕事ではいささか詰めの甘さが目立った。使えない人間は放り出す、と公言してはばからない仙波主任が班員に加えているのだから、おそらく見た目通りだけの人ではないとは思うけれど、今のところその片鱗《へんりん》はうかがえていない。

そんなふうに、私が決意を果たす機会はなかなか訪れなかった。

ただあとから思えば、それは嵐の前の静けさだったのかもしれない。

配属から月を跨《また》いだ、十一月五日のことだった。

いつもの時刻に出勤すると、刑事部屋に捜査一課長の姿があり、私も所属する四係の係長と何か話し合っていた（以前江東署の捜査本部にも加わっていた入船《いりふね》警部とは別の人だ）。距離があるため会話の内容は聞こえないけれど、その表情は一様に険しい。

その緊張感に満ちたやりとりに、私はもしかしてと思う。ここ一ヶ月のうちに、何度か同じような光景を見たことがあったからだ。

フロア清掃をしていた青い制服の業者が遠慮してか、仕事を切り上げ、そそくさと部屋をあとにする。本庁出入りの業者だけあって、さすがに心得たものだ。私はそのうちの一人をそっと呼び止めた。

「あの、すみません」

「え？　あ、はい」

まだ若い、三十代のパートタイムとおぼしき女性スタッフに尋ねる。

「うちの課長たちが何を話していたか、わかりますか？」

私の質問に答えてしまっていいものか逡巡《しゅんじゅん》していた女性は、やがて小声でぼそぼそと言った。

「その……蒲田《かまた》で事件、みたいなことを」

八時半頃、班員が全員そろったところで、係長と話をしていた仙波主任が、私たちに向かって火のように鋭く言った。

「——殺しだ。出るぞ」


事件が認知された現場は、正確には大田区《おおたく》蒲田の東にある東糀谷《ひがしこうじや》七丁目の工場跡地だった。

そこで、男性の他殺遺体が見つかったという。

現場は《金木《かねき》鉄工所》という建築金物製作を請け負う会社が所有していた工場で、二年前に会社が倒産し、廃屋になっていたらしい。現在は不動産管理会社の手に渡っているそうだ。特別捜査本部が設置される南大田署《みなみおおたしょ》に向かう前に、私たち仙波班は先にその現場を検分しておくことになった。

工場は通りの奥、運河に面した土地にあった。実際の外観は思っていた以上に大きく、体育館二つ分ぐらいはありそうだ。

現場検証作業はちょうど終了したところらしく、私たちは問題なく立ち入りを許された。工場の前で立ち番をする地域課員に警察手帳と腕章を見せ、黄色い現場保存テープをくぐると、ブルーシートの上で用意された手袋とビニールのシューズカバーを着け、現場へ足を踏み入れる。

シャッターの上がった資材搬入口をくぐると、吹き抜けの高い天井が鉄骨で支えられていた。床はコンクリートだ。窓はあるものの、明かりがないので薄暗い。おそらく以前は切断機やプレス機といった鉄を加工するための設備がいくつもあったのだろうけれど、

「……何にもねえな」

笛吹巡査長がぼそりと呟《つぶや》いた通り、倒産時に売却されたのか、今はがらんとした空間に土埃《つちぼこり》が堆積しているだけだった。

濃紺の活動服に身を包んだ鑑識課員たちは、すでに撤収作業を始めている。そのうちの一人が、こちらに気づいて声をかけてきた。

「よう。担当はお前のとこか、仙波」

「どうも、陣内《じんない》さん」

あ、と思う。その人に、私は見覚えがあった。

年齢は五十代だ。背が高く、白いものがまじった短髪に、彫りの深い顔立ちをしている。見るからにいぶし銀といった雰囲気で、手にはクリップボードを持っていた。

本庁鑑識課現場検視第一係の陣内班長だ。階級は警視。警視庁にたった十三人しかいない検視官の一人であり、実は『江東区女性連続臓器欠損殺人事件』の際、現場に紛れ

込んだ私を見つけて〝雪女〟と呼んだ、私のあだ名の名付け親でもあるのだ。

その陣内班長は、仙波主任の後ろに控えた班員たちの中に私がいることを見つけ、ん、という顔をした。

「……そういや例の問題児は、お前が引っ張り上げたんだったな」

あるかないかの笑みを浮かべ、クリップボードを持ち上げると、

「ま、せいぜい気張れや」

と言った。

まるで気負ったところのない激励に、それでも今の私には前向きな言葉をかけてもらえるだけでありがたく、小さく会釈を返した。陣内班長と私のやりとりに、笛吹巡査長をはじめとする班員たちは関係を量りかねたらしく、訝《いぶか》しげな顔をする。

「で、どんなもんですかね、状況は」

仙波主任が仕切り直すように訊くと、陣内班長はクリップボードで肩を叩きながら答えた。

「被害者は加瀬《かせ》俊也《としや》、二十八歳。住所は蒲田三丁目《サニー蒲田》の六〇五号室。所持してた財布の中に本人の免許証が入ってたんで、すぐにわかった。現金やカードも手を付けられた形跡はなしだ」

では、強盗の可能性は薄そうだ。

「発見者は？」

「都内の大学生たちだ。こういう廃屋の写真を撮るサークルをやってて、昨夜、この工場に忍び込んで遺体を見つけたらしい。ま、好奇心は猫を殺すじゃねえが、忘れられない体験にはなっただろうな。——遺体、見るだろう」

「ええ、ぜひ」

陣内班長の案内で、私たちは工場の奥へ向かった。そしてまだ納体袋に収まっていない、床に安置された遺体を見て、

「こいつは……」

班員の一人が思わずといった様子で呟いた。

遺体はひどい有様《ありさま》だった。

殺害されてから日が経《た》っているらしく、全身の腐敗が進行している。茶色の髪はアクリルの作り物のように萎《しな》びて、眼球は灰色に染まって落《お》ち窪《くぼ》んでいた。着込んだ長袖のシャツにデニムが妙に場違いな感じがする。それでも十一月に入ってからはますます気温が低い日が続いたので、これでもかなり原形を留《とど》めているほうだろう。真夏だったらもっととんでもない、それこそぐずぐずの惨状になっていたはずだ。

ただそれ以上に凄惨かつ奇妙なのは、その両腕と両足が関節でないところで折れ曲がり、すっかり変形してしまっていたことだ。

班員たちの誰もが顔をしかめる中、私が動揺する様を拝もうとしてか、笛吹巡査長が揶揄するような視線をよこす。けれど顔色どころか眉の一つも動かさない私に、逆に不気味なものを見るような目つきになった。

それぞれしばし合掌とともに瞑目《めいもく》する中、遺体のそばにしゃがみ込んだ陣内班長が言う。

「ご覧の通り、殺害からはそこそこ経ってる感じだ。解剖を待たんと詳しいことは言えんが、死後一週間前後ってとこだろう。ただ殺害の現場はここじゃねえな。どこかよそで殺して、ここに遺棄していったんだ」

よく見るまでもなく、四肢の変形以外にも、さらに奇妙な点があった。

立浪巡査部長が表情を変えずに言う。

「――妙な縛り方ですね」

そう。

遺体はまるで前屈でもしているかのように、身体を前に折った状態になっていた。それは両手両足が一緒くたにロープで縛られていたからだ。被害者が暴れないように拘束するとしても、普通、両手と両足は別々に縛るはずだ。こんな縛り方、かえってやりにくいだけだろう。

「それに、ロープの結び方もおかしい」

「え、どこがっすか？」

笛吹巡査長が首を伸ばすと、立浪巡査部長は遺体の両手両足を縛るロープを指差し、

「こんがらがっていてわかりにくいが、右手と左手は、それぞれ親指にだけロープが結ばれている。そして右手の親指のロープが左の足首に、左手の親指のロープが右の足首に、交差する形で繋がっている」

その指摘に、私も内心で頷いた。

例えば結束バンドなどで、両手の親指同士を結び付けて拘束することはままある。ただ右親指と左足首を、左親指と右足首を、ロープが交差する形で結び付けて拘束するなんてやり方は見たことも聞いたこともない。

犯人は、どうしてわざわざこんな奇妙な拘束の仕方をしたのだろうか？

「死因は何です？」

仙波主任は、鋭い目つきで遺体を見つめながら訊いた。

「あー、それなんだがな」

陣内班長は頭を掻いて、

「今のところ、どうもはっきりしない。まず遺体の後頭部には打撲痕があった。それからご覧の通り、上肢と下肢にはいくつも骨折が見られる。それこそ両上腕、前腕、手首、手指、両大腿《りょうだいたい》、下腿《かたい》、足首、足指まで、徹底的にだ。衣服に黒いゴム素材の残留物が

あることから、おそらく両腕両足だけを、何度も車で轢き潰されたんだろう」

「げっ、何ですかそれ……」

ロープで拘束した人間の腕や足だけを、車で何度も轢《ひ》き潰《つぶ》す。

腕や足の骨が折れ、関節が砕け、筋肉や皮膚が裂けていく、その感触と激痛を、被害者に何度も味わわせる。

想像するだけでも、ぞっとしない仕打ちだ。

「……惨《むご》いことをしやがる」

仙波主任が吐き捨てる中、陣内班長は続けた。

「ただ、それらが死因なのかというと、言った通りまだよくわからん。開放骨折も見られるから失血や感染症によるショックも考えられるが、断定する決め手がなくてな。というわけで、こっちも今は解剖待ちの段階だ。……ただ、こいつはあくまで俺個人の感触なんだが」

「何です？」

仙波主任が訊くと、陣内班長はややあってからクリップボードに目を落とし、

「眼瞼《がんけん》結膜と眼球結膜に溢血点《いっけつてん》らしき痕跡が見られた。こいつは窒息死の所見だ。けど、絞殺時にできる首筋の索痕やら鬱血による頭部肥大やらは見られない。そういう痕跡を残さない首絞めのやり方もあるが、そんな工夫をするぐらいなら、犯人は最初からもっ

ときっちり遺体を処理していったはずだ。となると、首絞め以外の窒息死――例えば、溺死や一酸化炭素中毒の可能性が考えられる」

仙波主任は眉根を寄せた。その理由は私にもわかった。

車で何度も被害者の四肢だけを轢き潰し、さらに首絞め以外の方法で窒息死させる。そんなことをする理由は、はたして何だろうか？

ただ陣内班長も、そんな疑問を承知の上で話したのだろう。

「まあ、まだ参考程度にとどめといてくれ」

そう付け加えて立ち上がった。そろそろ遺体運び出すぞ、と声をかけ、検視班員たちがそれに返事をする。

仙波班はぞろぞろと、その他気になるところがないか検分を続ける。それぞれが思い思いの箇所に目を配る中、私もそれに倣おうとして、ふと思い立ち、早足で仙波主任に歩み寄った。

「主任。ちょっと現場の周りを見てきても構いませんか」

仙波主任は私を一瞥《いちべつ》する。意図を推し量るような間があったけれど、あえて訊かれることはなかった。

「十分以内に戻れ。でないと、置いてくぞ」

「はい」

私はその場を離れ、入ってきた資材搬入口から外に出た。

単独行動を取ることに、それほど具体的な当てがあるわけではなかった。ただ仙波班には主任や立浪巡査部長、他にも精鋭がそろっている。皆、私より確かな観察眼を持っているだろうし、それなら私までそこに雁首《がんくび》をそろえている必要はない。それに、この廃工場が遺体の遺棄現場でしかないのなら、ただ普通に探していても手がかりは出てこないかもしれない——そんな予感もあった。

建物正面の通りを眺める。車がすれ違うのがせいぜいの幅で、周囲に建っているのは同じような工場ばかりだ。私鉄の駅に向かわないとコンビニの一つもないので、深夜になれば人の目は皆無だろう。どこかに防犯カメラはあるだろうか。何か映っているといいけれど。

そんなことを考えながら、再び廃工場のほうに目を転じた私は、今度は建物の脇道に歩を進めた。

事前に地図アプリで確認した通り、廃工場の裏手には運河の川面《かわも》があった。対岸には羽田《はねだ》空港があり、海上保安庁基地の白い建物も見える。

その川面を渡った寒風に当てられ、私は小さく身を縮こめた。今日は朝から曇り、気温も一段と低くなっている。そろそろコートが必要かもしれない。

手早く辺りを回る。

けれど、特に気になるものは見当たらなかった。手首内側の腕時計に目を落とすと、もうすぐ十分が経とうとしている。意味もなく統率を乱すのは本意ではない。そろそろ班に合流しなければ。

私は足早に反対側の脇道から建物の正面へと戻った。

すると、さっきの通りに少し気になる人影を見つけた。

若い男性だ。まだ二十代だろう。短く刈り込んだ頭髪にキャップをかぶり、レザーのライダースジャケットを羽織った恰好《かっこう》で、ちらちらと現場の廃工場入り口のほうを気にしている。

もちろん彼以外にも野次馬の姿はちらほらある。ただそういう人は、規制線のそばまでやってくるか、あるいは気にする素振りを見せながらも通り過ぎていくかだ。彼はそのどちらでもなかった。現場から距離を取り、しかも通りの電柱にさり気なく身を隠してスマートフォンをいじりながら、それでも時折興味なさげなふうを装いつつ、現場のほうに目を向けている。

引っかかるものを感じた私は、とりあえず声をかけてみることにした。

職務質問――いわゆるバンをかけるときのコツは、とにかく下手に出ることだ。相手を刺激しないよう心がけながら、

「あの、ちょっとよろしいですか」

と、私は言った。

けれど注意とは反対の方向から話しかけられたせいか、男性は一瞬ぎくりとする様子を見せた。そしてすぐに、

「……は？　何すか」

無表情でぶっきらぼうに訊き返してくる。それは内心の動揺を殊更取り繕っているように思えた。

それでも、私ぐらい簡単にあしらえると踏んでいたのだろう。その私が警察手帳を取り出してみせると、さすがに彼も表情を変えた。

「実は、あちらの廃工場でちょっと事件がありまして。二、三、お話を伺わせてもらえませんか」

「どうして俺が？　別に関係ないんで」

鋭くこちらを睨めつけて威圧し、踵を返してしまう。

もし私がいわゆる普通の――これまでの人生を穏やかかつ健やかに、血の気配など微《み》塵《じん》もなく送ってきた人間だったなら、自分より頭一つ分は大きい男性に凄《すご》まれれば、多少なりとも怯んでいたかもしれない。けれど幼い頃に巻き込まれた事件の影響で、私はどんなときでも感情が大きくブレない。さらに、たとえそうなったとしても、ほんの少し時間を置けばたちまち平静を取り戻すことができる。不本意な出自をきっかけにした

ものなので、あまり胸を張れない性質ではあるけれど、こういうときには得がたい武器になる。

こちらの質問を無理矢理切り上げようとする彼の態度に、私は不審を抱いた。内心での警戒を一段引き上げつつ、すぐさま早足であとを追いながら、さっきまでより声の調子を鋭くする。

「——すみません。ちょっと立ち止まってもらえますか」

すると突然、彼がだっと走り出した。

私が目を見開き、すぐに制止の声を飛ばそうとしたときだ。その彼の前方に、廃工場の敷地からふらりと人影が歩み出てきた。

笛吹巡査長だ。

「あん？」

自分に向かって逃走してくる男性と、それを追う私に気づいて目を丸くする。

「その人、止めてください！」

私が短く声をかけると、

「は!?　おい、ちょ、待て。いきなり——」

大慌てしながらも、両腕を広げるようにして男性の前に立ち塞がった。そこへ、

「危ない！」

男性は躊躇《ちゅうちょ》なく突っ込んでいった。固めた右こぶしを振り上げ、笛吹巡査長の顔面に叩き込もうとする。

「うお！」

笛吹巡査長は身を反らし、それをぎりぎりでかわしたものの、男性と衝突するような恰好になり、ぐえ、という悲鳴とともに路面へ転倒した。

私は即座に警戒心を最大にまで引き上げた。問答無用で男性を拘束すると決め、体勢を崩していた彼に追いつき、その肩に手をかける。

「離せこら！」

振り払うように肘が飛んでくることはわかっていた。私は身を沈めてそれをかわし、相手の懐に入り込む。男性はがっちりとした身体つきで、おそらく私よりも三十キロはウェイトがある。真っ向から力比べをすればとても敵《かな》わないだろう。それでも無理な姿勢から腕を振り回したせいで重心はがたがただ。急な運動と緊張で呼吸も乱れている。タイミングを見計るまでもなく、速攻で決められる。私は相手のレザージャケットの袖と襟元をつかんで引き込みながら、一気に全身を巻き込むように回転させた。両足に荷重がかかり、反対に相手の両足が呆気《あっけ》なく地面から離れる。

「がっ！」

男性は衝撃とともに下半身から地面に落ちた。その機を逃さず、私は彼の右腕を取って両足で挟み込み、肘の関節を極《き》めてしまう。

「――おい、一体何を騒いでやがる！」

立ち回りに気づいて駆けつけてきた仙波主任たちに、私は十字固めの体勢のまま、表情を変えずに答えた。

「傷害と公務執行妨害の現行犯です」

立浪巡査部長が私たちのもとにしゃがみ込み、男性に手錠をかけた。

「見事な体捌《たいさば》きだった」

低い声でささやかれた意外な賛辞に、地面から身を起こしてジャケットの裾を払っていた私は小さく驚きつつも、

「ありがとうございます」

と、お礼を言う。

その一方で、

「痛《いっ》てえ……なんで俺がこんな目に……」

班員に助け起こされた笛吹巡査長からは、恨みがましげな目を向けられた。

「で？　どこの誰なんだ、こいつは」

現場へ臨場早々に騒動を起こす私に呆《あき》れた目を向けつつ、仙波主任はあごでしゃくりながら訊いてくる。けれど現状、職質をかけたら誰何《すいか》する間もなく走って逃げられただ

けなので、詳しいことは何もわからない。

「いえ、それはまだこれからなんですけど」

と、私が言い訳がましく返事をしたときだ。

「くそ、離せって言ってんだろうがよ！　警察が暴力振るっていいのかこら！　絶対に訴えてやるからな！」

男性が声高にわめきながら激しく身を揺すった。

「静かにしろ」

後ろ手に手錠をかけた腕を取った立浪巡査部長はそれでも、地面に根付いた大樹のようにびくともしなかった。

ただ男性が暴れた拍子に、つかんでいたレザージャケットの袖がずり上がり、そこに目を落とした立浪巡査部長は、なぜか眉を上げた。主任、と声をかける。

「なんだ」

「これを」

ぐい、と男性の腕を主任のほうに向けた。肩か肘に痛みが走ったのか、男性はうめき、静かになる。

「こいつは……」

仙波主任が、一瞬言葉に詰まる。

男性の白い右前腕――そこにはタトゥーが入っていた。五百円玉大の小さなワンポイントもので、昆虫標本をグラフィカルに写し取ったようなデザインだ。

「……〝蜂〟？」

私にはそう見えた。攻撃的な面構えの頭部に、長い羽が付いた胸部、縞《しま》の入った腹部があり、その先端からは針が突き出ている。

けれど、これが一体？

そう思いながら顔を上げると、

「……どうもおもしろくねえことになりやがったな」

仙波主任が険しい顔つきでそう呟いた。

4.

午前十一時。

南大田署の講堂には、殺人及び死体遺棄の容疑で特別捜査本部が設置され、今回の事件の捜査に当たる捜査員たちが一堂に会し、慌ただしい気配に包まれていた。

その陣容は、警視庁本庁から捜査一課長以下、理事官、管理官、私たち仙波班を含む殺人犯捜査四係、並びに鑑識を加えた初動捜査班、南大田署からは署長、次長、刑事課といった面々だ。

ただそんな帳場の一角には、それ以外にも見慣れない顔が加わっていた。

それに気づいた笛吹巡査長が、隣の立浪巡査部長にひそひそとささやく声が聞こえた。

「あの、あれってもしかしなくても組対《そたい》の連中っすよね？」

「ああ」

立浪巡査部長は頷き、こう付け加える。

「それも四課だ」

本庁組織犯罪対策部――通称組対はその名の通り、銃器や違法薬物の密売、マネーロンダリングといった組織犯罪を取り締まる部署だ。その中でも組織犯罪対策第四課は、暴力団によるそれらを担当する課である。

その組対四課が、どうして殺人事件の特捜本部に？

疑問に思っていると、ふとその中の一人が立ち上がり、こちらへやってきた。席に着いて腕を組んだ仙波主任のそばに立つと、気安い調子で声をかける。

「よう、久しぶりだな仙波。別に会いたいとは露ほども思っちゃいなかったが」

仙波主任は億劫《おっくう》そうにその捜査員を見上げ、

「は、そいつはお互い様だ、枦木《かたらぎ》」

と、おもしろくもなさそうに言った。

刑事というものは部署ごとに性格や容貌がくっきりと分かれる。わかりやすい例を挙げるなら刑事部捜査二課がそうだ。詐欺や贈収賄といった知能犯を相手にする二課には、頭が回って周到かつ用心深い、まるで熟練のチェスプレイヤーのようなインテリタイプの刑事が多い。

そういう意味では組対四課も同様だ。四課には、はたしてどちらが暴力団の構成員なのか見分けがつかないような強面《こわもて》の刑事がずらりとそろっている。仙波主任に話しかけてきた枦木という刑事も、やはりその例にもれなかった。

主任と同じ五十絡みだろう。けれど、その体軀《たいく》は見るからに筋骨隆々としている。身長こそ立浪巡査部長には及ばないものの、横幅と厚みはそれ以上だ。唇は太く、目も大きい。そしてその眼光には、主任と同じ類《たぐい》の鋭さがあった。

仙波主任は鼻を鳴らし、

「組対四課の主任刑事が、暇を持て余して捜一《そういち》の帳場にご出張か。お前程度を遊ばせておくようじゃ、どうやら近頃のヤクザどもはよっぽどだらしがねえと見えるな、ええ？」

主任刑事ということは、階級も仙波主任と同じく警部補だろう。

仙波主任と旧知の間柄らしい枦木警部補は、その挑発的な物言いにも動じることはなかった。むしろ冷笑を浮かべ、

「せいぜい吠《ほ》えていろ。だがな、この事件《ヤマ》はうちがもらうぞ」

より挑発的な文句を返してくる。

たちまち仙波班の間にぴりっとした空気が走る中、当の主任は表情を変えずに言った。

「好きにしろ。俺たちより先に被疑者を挙げられるんならな」

「いきがるな。状況はわかってるはずだ。うちのサポートに徹すれば、おこぼれぐらいは分けてやらんでもないぞ」

喉の奥で笑った枦木警部補は、そこで立浪巡査部長のほうに目を向けた。立浪巡査部長は立ち上がり、

「ご無沙汰しています」

と、頭を下げる。

「立浪、その気があるならいつでも戻ってきていいぞ。お前なら歓迎だ」

枦木警部補は口元を曲げると、自分たちの席へ戻っていった。

笛吹巡査長が身を乗り出し、訊く。

「え、立浪さん、前は組対四課にいたんすか？　いや、っていうかなんで組対がこんなとこに？」

立浪巡査部長はそれに答えず、仙波主任のほうを見る。主任は無言のまま前方を見つめていた。

笛吹巡査長をはじめ、私たちが抱いていた疑問の答えは、やがて始まった捜査会議で明らかになった。

「では、捜査会議を始める」

礼のあと、捜査一課長や南大田署長の挨拶があり、今後捜査本部の指揮を執る管理官の進行のもと、被害者や現場の説明がされる。

「被害者の氏名は加瀬俊也。年齢は二十八歳。住所は大田区蒲田三丁目《サニー蒲田》六〇五号室。昨夜の午前二時頃、同区東糀谷七丁目にある《金木鉄工所》の工場跡地にて遺体で発見された」

他にも遺体の後頭部に打撲痕があること、両手足が妙なやり方で縛られていたことや、その四肢に車で何度も轢き潰された形跡があること、まだ死因が特定できていないことなど、すでに私たちが現場で検分した内容が続く。

「続いて、被害者のより詳しい素性だが——これについては本件の捜査に加わる本庁組対四課の暴力犯特別捜査七係から説明がある」

かすかに講堂内がざわつく中、管理官が目で指示すると、組対四課の捜査員が立ち上がった。

「被害者の加瀬俊也は、いわゆる半グレ集団《愚連蜂《ぐれんばち》》の構成員の一人です。なお今朝、現場付近で同構成員の前澤光大《まえざわみつひろ》も、傷害と公務執行妨害の容疑で緊急逮捕されています」

場のざわつきが増した。

『半グレ集団』とは、不良や暴走族のOBたちが形成するアウトロー集団のことだ。ただ近年、その実態は暴力や暴走行為だけでなく、大規模な特殊詐欺なども実行する、れっきとした犯罪集団になりつつある。むしろ暴力団などと違って明確な組織性がなく、それらを取り締まるための法律の網の目をくぐり抜けてしまうため、摘発がより困難な場合もあるほどだという。

「また《愚連蜂》の特徴の一つとして、主要構成員は、腕に雀蜂《すずめばち》を模したタトゥーを入れていることが挙げられます」

なるほど、と私はようやく事情を理解した。

私たちが現場で遭遇し、逮捕した男性――前澤光大の腕には《愚連蜂》の構成員の証《あかし》であるタトゥーが入っていた。仙波主任と立浪巡査部長は、それが意味するところを知っていたのだ。そして前澤光大と同様、被害者の加瀬俊也も、《愚連蜂》の構成員かもしれないと見当をつけたのだろう。

さらにこのあと、今回の事件の捜査がどういった方針で進められていくのかも――。

私の考えを裏付けるように、四課捜査員は続けた。

「《愚連蜂》は総勢百名を超えると目され、指定暴力団《旗章会《きしょうかい》》とも繋《つな》がりを持っています。暴力沙汰を起こす構成員も多く、事実、加瀬俊也もその手の前科《マエ》がありました。近頃、《愚連蜂》ではトップが交代したことをきっかけに、構成員同士の抗争が頻発しており、おそらく今回の殺人は、それがエスカレートしたものではないかと考えます」

昨今警視庁は、本庁の組対三課と四課を中心に、半グレ集団を「準暴力団」と位置づけ、その組織の実態の解明や構成員の把握に力を入れている。殺人事件の被害者が半グレ集団の構成員かもしれないとわかれば、すぐにその情報は組対にも回されただろう。そして彼らの持つ半グレ集団の構成員リストで被害者の氏名が確認できれば、すぐにも捜査本部に出張ってくるのは当然の帰結だ。

そして遺体の両手足が縛られ、車で何度も痛めつけるように轢き潰されていた状況も、被害者が半グレ集団の構成員であるという背景と合わせて考えれば、仲間内での私刑に処されたから、と見立てれば充分説得力がある。主要構成員の前澤光大が現場に姿を見せたのも、その後の成り行きが気になったからだとすれば頷けた。

管理官は捜査一課長と、おそらく組対四課長だろう刑事としばらく相談してから、こう告げた。

「それでは、本件では捜査を主に二班に分ける。一班は本庁組対四課を中心に、前澤光大をはじめとした《愚連蜂》構成員並びに関係者の取り調べを、もう一班は捜査一課を中心に地取りを進める」

地取り——いわゆる現場周辺の聞き込みだ。

現状、まだ予断を持つべき段階ではない。けれど、あまりにも状況証拠がそろいすぎている。捜査本部の上層が、半グレ集団による内部抗争、という線を本命と考えていることは明白だった。

「よーし、じゃあまずは前澤光大の取り調べだ。並行して、うちの《愚連蜂》の構成員リストから聞き取り対象者をピックアップしていく」

会議終了後、組対四課を中心とした班はさっそく気炎を上げていた。それもそのはずだろう。今回の事件は、彼らがマークしていた半グレ集団に捜査のメスを入れる絶好の機会なのだから。うまく行けば構成員を逮捕できる上、もし被疑者の中に集団の中心人物が含まれていれば、一気にその勢力を削《そ》ぐこともできるのだ。士気が上がらないはずがない。

「今日から当分休みはないぞ。いいな!」

民間の企業であれば即パワハラになりそうな号令にも、張りのある返事があった。

一方、その勢いにあてられたかのように、

「——要するに、俺らは貧乏くじ引かされたってことかよ。……やってらんねーな、ったく」

笛吹巡査長が不貞腐《ふてくさ》れるようにぼやいた。

正直に言えば、私も笛吹巡査長に同感だった。そもそも前澤光大の取り調べをするのであれば、その権利は彼を逮捕した私たちにこそあるはずだ。

ただ相手が暴力団や、それに準じる集団の構成員となると、さすがに取り調べも勝手が違ってくる。組対四課は彼らの背景に関する情報を豊富に持っているため、より的確に取り調べができるだろうし、関係者を捜査線に上げて話を聞きに行くことも容易だ。餅は餅屋。この捜査の割り振りに表立って文句を付けるのは、さすがに分が悪い。

すると、突然笛吹巡査長の後頭部がひっぱたかれた。「痛《い》でっ！」とうめく彼に、

「おう笛吹、やる気がねえなら帰っていいぞ」

仙波主任が怒気を込めた声音でささやいた。

「何ならもっと暇な署にでも異動させてやろうか？　そうだな、奥多摩署なんてどうだ。今ならちょうど刑事課の椅子に一つ空きがあるはずだからな」

「い、いやいやいやいや！　やだなあ主任、冗談じゃないっすか！　もうやる気しかないっすよ！」

慌てた様子で手を振る笛吹巡査長に鼻を鳴らすと、仙波主任は班員たちを見回して言った。

「とりあえずは上の捜査方針に従って動く。それで何か出てくればよし。出てこなくても、そのまま手をこまねいてるつもりはない。――立浪」

「はい」

「《愚連蜂》について、詳しい情報を集められるか」

立浪巡査部長は少し考え、

「組対三課には昔の伝手《つて》があります。ある程度ならいけるかと」

組対三課には暴力団情報管理係――その名の通り、暴力団に関する情報を収集、管理している係がある。元組対だという立浪巡査部長なら、うまくやれば内々に情報を引き出すことも可能かもしれない。

仙波主任は頷き、

「今はまだいい。組対四課の連中とかち合うと面倒だからな。ただし、いつでもそうできるようにあらかじめ渡りは付けておけ。俺もできる限り《愚連蜂》の情報を仕入れる」

細めた目に鋭い光を浮かべ、言う。

「隙あらば、四課の連中の足をすくうぞ」

その静かな号令に、仙波班の捜査員たちは返事をシンクロさせた。どんな状況でもしっかりと班の士気を高め、虎視眈々《こしたんたん》とよそを出し抜く機会をうかがう仙波主任の姿勢に、私もどんな激務にも耐えてみせようと改めて誓う。

「…………」

ただその一方で、私は捜査本部全体の流れに、かすかな違和感を覚えてもいた。

その理由は何だろうと自問してみて思い浮かんだのは、やはりあの不自然な遺体の拘束の仕方だった。右手の親指と左足首を、左手の親指と右足首を、交差させる形でロープで結ぶなんてやり方は明らかに不合理だ。あれには一体どんな意味があるのだろう。半グレ集団ならではの作法なのだろうか。それとも実は何の意味もなく、ただ適当に結んだ結果、偶然ああなっただけだとか。

けれどそんな胸の内を、私はその場で誰かに話すことはしなかった。おそらく議論したところで今すぐ結論が出る類のことではないし、何より仙波主任のおかげで高まった班の士気と結束に水を差したくなかったからだ。

この日は翌日からの本格的な捜査に備えるため、会議後はすぐに解散となった。私たちも各自準備をするべく、一度本庁へ戻ることになる。捜査の推移によっては、本部が設置された署に泊まり込むこともある。ぐずぐずしてはいられない。

けれど講堂を出たタイミングで、私のスマートフォンが震動した。取り出してみると、知らない携帯電話の番号からの通話着信だった。

訳もなく、ほんの少し嫌な感じが胸に兆したものの、無視するわけにもいかず、

「すみません、先に行っていてください」

私は仙波主任にそう声をかけた。

主任は私を一瞥し、

「急げよ」

と短く言い残して、その場をあとにする。他の班員もそれに続いた。

私は足早に廊下の端まで移動すると、通話アイコンをタップする。もしもし、と通話口に出ると、

「――やあどうも。こちら、氷膳莉花さんの携帯電話でよろしかったですか？」

耳に当てたスマートフォンから聞こえてきたのは朗らかな、けれどまったく聞き覚えのない男性の声だった。おそらく、まだ若い。

「あの……どちら様ですか？」

小さく眉をひそめながら誰何すると、かすかに微笑《ほほえ》むような気配のあと、まるで予想していなかった返事があった。

「初めまして。本庁警務部人事一課監察係の尚澄《なおすみ》といいます。少しだけお時間よろしいですか」

明日からの捜査に向けた準備で慌ただしい所轄署の廊下で、私は一人、棒を呑んだように立ち尽くした。

5.

南大田署から霞が関に戻ってきた私は、けれど警視庁本部庁舎には入らず、桜田通《さくらだどお》りを南へ歩いた。財務省本庁舎の前を通り過ぎ、三丁目交差点を左手に折れると、ゆるい三年坂《さんねんざか》を上がる。

指定された場所は、その突き当たりに建っていた高層ビルだ。外壁が通りの景色を綺麗《きれい》に反射している。フロアのほとんどは企業のオフィスだけれど、飲食店やクリニックなどのテナントも入っており、私が向かう先もそのうちの一つだった。広いロビーを歩いてエレベーターのケージに乗ると、三十六階のボタンを押す。

カフェというよりサロンといった趣の瀟洒《しょうしゃ》で落ち着いた店内で、「尚澄」という名前を出す。絨毯《じゅうたん》が敷かれたホールには、ソファとローテーブルが贅沢《ぜいたく》な余裕を持って配置されていた。ウェイターに通されたのは、その中でも全面ガラス張りの向こうに他のビル群が望める席だった。

「やあどうも。わざわざお呼び立てしてすみません」

そこに座っていたのは、若い男性だった。

といっても、私よりは年上だ。おそらく三十代半ばだろう。けれどウェービーな、地毛と言われれば信じられる程度の栗色《くりいろ》の髪や二重まぶたの目元には、どこか茶目っ気のある雰囲気が感じられた。ダークネイビーのスーツに白いシャツ、派手ではないストライプのネクタイを着け、テーブルの上でコーヒーの湯気が立ち昇るに任せている姿は、見るからに温厚そうだ。かといって押し出しが弱いかというとそんなことはなく、育ちのよさに裏打ちされた風格めいたものも漂わせていた。

「どうぞかけてください」

突っ立ったままの私に、笑顔で斜向かいのソファへと着席を促す。

「はあ」

私は強い警戒心を持ちながらも、さりとて他にどうすることもできず、その勧めに従った。……自己弁護するつもりはないけれど、監察係の人間から呼び出しを受けて、少しも動揺しない警察官がいるのならぜひ教えてほしい。

本庁警務部は警視庁職員の人事や福利厚生を担当する部署であり、庁内きっての出世コースとされている。どんな組織や団体でも、結局人を動かせるポジションが強いことは言うまでもないからだ。また職掌柄デスクワークが主なので、昇進試験の勉強をする時間も取りやすく、異動先として大変人気がある、という事情もある。

ただそんな警務部の中にあっても、人事第一課の監察係だけは、まるで毛色が違っている。

監察係は文字通り、警視庁内部の監査を行う部署だ。いわゆる素行不良の警察官の不祥事を暴き出すことを職務としており、〝警察の警察〟と呼ばれていることは巷でも有名だろう。

そんな係の監察官が、突然私のような平刑事を呼び出すなんて、一体どんな用事だろうか。

……いや、もちろん思い当たる節はある。それは、私の過去の行状についてだ。

前述の通り、私は江東署の刑事課にいた頃、単独捜査、謹慎無視、捜査資料漏洩のかどで本庁の査問にかけられている。その席には別の監察官の顔もあった。ただそれ以降、私は特に問題は起こしていない――少なくとも表向きには――はずだ。そうは思うものの、いかんせん脛《すね》に傷が多すぎていまいち自信が持てないけれど……。

あれこれと可能性を考え、内心で戦々恐々とする私に、彼はリラックスした様子で言った。

「そう怖い顔をしないでください。別にあなたをどうこうしようというんじゃありませんから」

「いえ、これが地の顔なので……」

私が大真面目に答えると、彼は瞬《まばた》きし、それから小さく噴き出した。

「とりあえず、何か飲まれますか」

「……それじゃコーヒーを」

彼は手を上げ、ウェイターにブレンドを注文する。

私は一つ不審に思っていたことを訊いた。

「あの、失礼ですけど本当に監察係の方ですか?」

本気で疑っていたのかというと、正直そういうわけでもなかった。

ただ監察官は、監査対象にマークしていることを絶対に気取られてはならないはずだ。まして、こんな場所に呼び出すなんて論外だろう。

すると彼は、ああ、と軽く頷き、

「庁内だと、すぐ噂《うわさ》になりますから」

ジャケットの内ポケットからそっと警察手帳を取り出し、周囲に見えない位置で開示してみせた。

「改めまして、尚澄将生《まさき》です。本庁警務部人事一課監察係で、監察官の任に就いています」

それを確認した私は、今度は別の不審を覚え、内心で小首をかしげた。

なぜなら彼——尚澄監察官の階級が、警視となっていたからだ。

警視庁に限らず各都道府県警に採用された警察官は、たとえどれだけ優秀であっても、三十代半ばで昇任できるのは警部までで警視には絶対になれない。なぜなら警部や警視の昇任試験は、規程の職務遂行期間を経ないと、そもそも受験資格そのものが与えられないからだ。この警察手帳が偽物だったり、彼が実はすでに四十歳以上だったりという可能性も……見たところなさそうだ。

つまり彼は、警視庁に採用された地方公務員としての警察官ではなく、警察庁に採用された国家公務員としての警察官――いわゆるキャリアということになる。毎年十人程度だけが採用される彼らは、最初から警部補の階級でスタートし、ノンキャリアの警察官をあっという間にごぼう抜きにする。

ただ、と思う。それはそれでやっぱりおかしいのだ。

たしか監察係は首席監察官も含め、全員ノンキャリアで構成されているはずだ。そこに、どうしてキャリアである彼が身を置いているのだろう。

私の中で、自身の進退に関するそれとは別の危機感が頭をもたげたときだ。

「本当に頭の回転が速い人なんですね」

私の考えていることを、表情や沈黙の間だけで読み取ったらしい。彼は邪気のない笑みを浮かべた。

よくキャリア警察官に対して、「現場では使いものにならない頭でっかち」といったような風評がまことしやかに語られるけれど、大抵は的外れだ。研修期間中、所轄や本部に出向する彼らのほとんどは呆れるほど物覚えがよく、かつ万事においてそつもなく、可愛《かわい》げがないぐらい優秀だという。どうやら彼もその例にもれず、しかも人並外れた洞察力まで備えているらしい。

　私は例によって〝雪女〟という不名誉なあだ名を頂戴するほど、思考や感情が面に出ない。そんな私の内心を正確に推し量られたのは、これまでには仙波主任と……あとは阿良谷博士ぐらいだ。

　ウェイターが運んできたコーヒーに口をつけながら、彼は言った。

「監察係への出向は、昔からお世話になっている人事一課長からの命令なんです。近頃は監察官でさえ現場と癒着して、不祥事の程度を低く見積もることがあるらしくて。もはや〝警察の警察〟に対してもにらみをきかせる必要がある――というのは、その課長の談なんですが」

「はあ」

　そんな重大な内幕をあっけらかんと暴露されてもまるで安心できなかった。むしろ耳に入れたが最後、取り返しのつかないことになる情報を吹き込まれそうで、私はたちまちコーヒーの味も感じなくなってしまう。

「ああ、失礼。どうもあなたとは初めてという気がしなくて。しゃべりすぎてしまいました。そろそろ本題に入りましょうか」

　尚澄監察官はその端整な顔とともに、身体をややこちらに向けた。まっすぐな目は、やはりあまり年上という感じがしない。その印象自体はまるで正反対なのに……やっぱりどこか阿良谷博士を思い起こさせる人だ。

「――実は僕は今、本庁の捜査情報漏洩の件で監査任務に就いています」

声を落としてささやかれた内容に、私は思わずぎくりとした。けれど、いつものように表情は変わっていなかったらしい。そして幸い、それは過去の私の行状についてでもなかった。

「その事実が発覚したのは四月です。本庁のシステムをフルメンテナンスしたところ、データベースへのアクセスログから、過去の事件にまつわる情報がコピーされたことが発覚し、外部に持ち出された疑いが浮上しました。そしてコピーするのに使われたのは、本庁捜査一課に設置された端末です」

とんでもない事実を明かされた私は、

「あの、ちょっと待ってください」

慌てて小さく手を上げ、尚澄監察官の話を遮った。

「どうしてそんなことを私に？」

事実の発覚が四月で、つまり実際に情報がコピーされたのがそれより以前のことなら、実行したのが私でないことは明らかだ。私が本庁配属になったのはほんの一ヶ月前なのだから、捜査一課の端末から情報を窃取できたはずがない。だとすれば、私にわざわざそんなことを明かすこと自体、何の意味もない。それどころか、むしろ職務上の致命的な問題になるはずだ。

「——氷膳莉花さん」

すると尚澄監察官は、話題の不穏さとは似つかわしくないほどこちらをまっすぐに見て、言った。

「この件に関して、捜査一課を探ってもらえませんか」

あまりにも予想外の指示に、すぐには返事ができなかった。

普段、監察官がどういったやり方で仕事をするものなのか、私は噂程度にしか知らない。それでも内部監査の情報を監査対象の課の人間に流して、その上で協力させるなんてやり方は絶対に普通ではないだろう。そのことに驚き、怯んだのも間違いではなかった。けれど、返事ができなかった一番の理由は——

「……私に、密告屋になれ、ということですか？」

これまでに私がしてきた苦労は、もちろん自らの因果応報によるところが大きい。けれど、それらを乗り越えて、ようやく念願の場所にたどり着くことができたのだ。そして、これからそこでの信用を勝ち取ろうという矢先に、その同僚たちを探れと言われて、簡単に頷くことなどできるはずがない。

私の返事に、尚澄監察官は多少ばつが悪そうに眉をハの字にした。優しげな顔立ちのせいか、そういう表情が似合う人だ。高圧的に来られていたら反発のしようもあったけれど、こう素直な反応をされると何も返せなくなってしまう。頭がよく如才もないけれど、最終的には天然の人柄でもって他者を動かせるタイプの人だ。きっと普段から上司にも可愛がられていることだろう。

やがて尚澄監察官は、

「……あなたのことは、例の江東区の連続殺人事件のときから知っていました」

と言った。

私は特に驚かなかった。私が起こした不祥事については、警察官であればむしろ知っていて当然のことだ。

「ただこの一ヶ月間、改めてあなたのことを調べ直させてもらいました。そして僕は、この監査にはあなたこそが適任だと判断したんです」

眉をひそめつつ小さく首をかしげる私に、尚澄監察官は続けた。

「まず、あなたは一ヶ月前まで奥多摩署にいました。今回の本庁の情報持ち出しに関与していないことは明らかです。現在、捜査一課内で完全に身の証を立てられる刑事は、あなた以外にいません」

それに、と続ける。

「あなたは単独行動に慣れている。そんな刑事、そうはいません。そして、そのやり方で結果を出してもいる。普通、一度でも懲戒処分を受けた警察官は、その後にろくな展望はありません。ですが、あなたは二年と経たずに本庁の捜査一課にまで這《は》い上《あ》がってきた。これはもう奇跡と言っていいぐらいの快挙です」

「……はあ」

唐突な称賛に、どう反応していいのか困ってしまい、私は視線を斜めに逃がした。私のやり方は、あくまで刑事の正道には悖《もと》るものだ。それを褒められるのは、結局刑事としては失格だ、と言われているようにも聞こえる。

それにこの一年余り、たしかに努力を惜しまなかったつもりではあるけれど、すべてが私の実力だとは口が裂けても言えない。図らずも大きな事件に出くわしたし、目をかけてくれる人もいた――そういった運の要素も大きい。

ただ一方で彼の言う通り、自分が刑事としてやや異質であることも自覚はしていた。

監察係は三十人近い係員のうち、半数以上を元公安部が占めているという。それは相手にするのが犯罪者ではなく警察官であり、特殊な捜査技術が必要になるからだ。刑事が身内の目を盗んで行動するということは本来あり得ないので、それに慣れている私は、たしかに監査向きではあるのかもしれない。

加えて、捜査一課は結束が固くて手が出しづらいという事情もあるだろう。そこに私みたいな周囲から浮いた刑事が紛れ込んでいれば、情報のソースとして活用したくなるのもよくわかる。

それでも。

「…………」

正直に言えば、やはり一も二もなく断りたかった。

まさに今日、私は捜査一課に配属されてから初めての殺人事件の捜査本部入りを果たしたばかりだ。不利な捜査内容ではあっても班員たちの士気は高まっているし、私自身も、何としてもここで成果を挙げたいと思っている。それ以外のことを考える余裕は、まるでなかった。

それに、服務規程違反で飛ばされた過去のある私が内部監査だなんて、やっぱりあまりにもおこがましく思える。皮肉というより、もはや性質《たち》の悪い冗談だ。

けれど。

問題は、私がすでに捜査一課からの情報持ち出しの話を聞いてしまったということだ。この上でもし彼の指示を断れば、その後は推して知るべしだろう。

たしかに私は捜査一課で浮いている。誰も私の話になんて真剣に耳を傾けないかもしれない。それでも、私がこの話を決して他言せず、また誰も真に受けないという確証がない以上、尚澄監察官は間違いなく私の口を封じるだろう。人事一課長と通じているのであれば、脛に傷のある私をどこか別の署に飛ばすことぐらい簡単なはずだ。

……私はまだ本庁でやらなくてはならないことがある。いつかは去る日が来るだろうけれど、それを今このときにするわけにはいかない。

つまり、初めから私に選択肢などないのだ。

そんな私の内情とは裏腹に、

「……あなたが今、何を考えているのかはわかっているつもりです」

尚澄監察官は訴えるように言った。

「ただ、できれば誤解しないでください。これは、あなたにとっても他人事《ひとごと》じゃないはずなんです」

「……どういう意味ですか？」

ここで出てくるには妙な言葉に私が顔を上げると、彼は私の目を見て、

「あなたがこの監査に適任な理由が、もう一つあります」

そのあとに続いた台詞《セリフ》に、私は今度こそ驚愕《きょうがく》で目を見開くことになった。

「情報の持ち出しがあった日時は、三月の数日間。複数のＩＤでサーバーにアクセスがありました。そして、そのとき捜査一課で本庁待機となっていたのは、あなたが所属する仙波班を含む、殺人犯捜査四係の刑事たちだけなんです」

インタールード

試すべき拷問は他にもある。その一つが〝車裂《くるまざ》き〟だ。

まず受刑者の両手両足をロープで縛る。その際に重要なのは、右手の親指と左足首を、左手の親指と右足首を、交差する形で結ぶことだ。

もちろんただ拘束するだけなら、わざわざこんなやり方をする必要はない。だが、これはただの拷問ではない。神聖な刑罰だ。それも、現代司法の問題点を解決するための画期的かつ先進的なものなのだ。である以上、個人的な加虐趣味などでは決してない証として様式は重んじられなければならない。僕はそう考える。

前屈をするような姿勢で拘束した受刑者を場に転がし、車に乗り込む。エンジンをスタートさせ、ステアリングを握る。ちなみにあらかじめ拘束しているとはいえ、できれば受刑者は睡眠導入剤などで眠らせておくほうがいいだろう。暴れた拍子に位置がずれて、過って頭や腹を踏み潰してしまっては元も子もない。

まずやるのは両足だ。そうすれば二回目以降、目を覚ましても逃げ出すことは絶対にできない。受刑者の体勢上、両腕も一緒にいってしまうかもしれないが……それはまあ仕方がない。

フロントガラスの向こう、十メートルほど先の地面に転がった受刑者を見据えながらアクセルを踏む。たちまち受刑者との距離はゼロになり、右側の前輪と後輪が太い枝にでも乗り上げ、それらが、めしり、と折れるような感触が、ステアリングを通して生々しく伝わってくる。直後、絶叫が上がる。

その場をぐるりと旋回すれば、芋虫が地面で蠕動《ぜんどう》するかのようにのたうち回ろうとしている受刑者が見えるだろう。だが両腕両足を骨折した状態では、その場からまともに動くこともできないはずだ。

再びアクセルを踏む。

状況がわからず混乱する中、自身の四肢を轢き潰した車が、再び目の前に迫り来る。今度こそ受刑者は、正真正銘の恐怖の悲鳴を上げるだろう。だが、それでいい。それこそが、その罪を雪《すす》ぐための反省と後悔を促すのだ。

二度、三度と繰り返し轢き潰す。その頃には、両腕両足はすっかり捻《ね》じくれ、変形してしまっているだろう。

そうなれば、いよいよ仕上げだ。

受刑者は脂汗と涙で顔中をぐしゃぐしゃにしながら、地面に転がったまま激痛で気を失いかけている。もはや抵抗するだけの気力も体力も尽きているだろう。引きずって移動するのは容易だ。

そのまま場の裏手に向かえば、そこには細い用水路が流れている。

水量はさほどでもないが、深さは膝程度まである。小さな子供なら溺れることもあるだろう。両手足を複雑骨折し、起き上がることすらままならない大の大人でも、それは同様だ。

繰り返しになるが、冷静であらねばならない。

重要なのは、受刑者が実際にどんな懺悔の言葉を口にするか、苦痛がどれだけ人に反省と後悔を促せるのか、見きわめることだ。

ああ、それでも僕はきっと我知らず、頑張れ、と口にしてしまうだろう。よせ、やめてくれ、と懇願する受刑者に、優しく微笑みかけ、励ましてやりたい衝動に駆られるだろう。

大丈夫だ。これを耐え抜いたとき、君は許される。だから、きっとやれるはずだ――と。

…………。

受刑者の背中を蹴る。縛られたままの受刑者はごろごろと斜面を転がり、その先の用水路へ水飛沫《みずしぶき》を上げて落ちる。

受刑者が己の罪と向き合う様を見届けるべく、斜面をゆっくりとすべり下り、黒々とした川面を覗《のぞ》き込《こ》む。すると水の中で仰向けになり、こちらを見上げた受刑者と目が合う。

深い深い絶望に染まり切ったその目に優しく頷きかけ、頑張りなさい、と口の形で伝える。

第二話「沼のふちに佇む女」

1.

すっかり夜も更けた午後十一時頃、南大田署の捜査本部で行われていた会議は、対照的な空気に二分されていた。

「——次、参考人の取り調べについて報告」

管理官の指示に従って立ち上がったのは、組対四課の捜査員だ。

「本日も引き続き、被害者である加瀬俊也の関係者五名を参考人として署で取り調べしましたが……気になる証言は出てきていません」

昨日までと同じ内容の報告が繰り返され、管理官をはじめとする最前に居並んだ本部上層の面々は、その表情にいよいよ失望を滲《にじ》ませていた。

「《愚連蜂》と繋がりがあるという暴力団《旗章会》のほうは？」

「それがその、そちらもこれといったものはまだ……」

管理官の隣に座った組対四課の係長が、こらえ切れなくなったかのようにマイクを受け取り、低い声で言った。

「おい、ちゃんと気合い入れてやってんだろうな。あとから、取りこぼしがありました、じゃすまんぞ」

「は……申し訳ありません」

忸怩《じくじ》たる思いに顔をしかめながら捜査員は頭を下げる。先日私たちのところにやってきた四課主任の枦木警部補が、くそ、と声に出さずに吐き捨てるのが見えた。

十一月十九日、金曜日。

東糀谷の廃工場で半グレ集団構成員である加瀬俊也の他殺遺体が見つかってから、今日ですでに二週間が経っていた。

当初の捜査方針通り、組対四課を中心とした捜査班は、自分たちが保有していた半グレ集団《愚連蜂》の構成員リストの中から、特に加瀬俊也と繋がりのありそうな人物に当たりをつけ、片っ端から取り調べを行っていた。私たちが逮捕した前澤光大をはじめ、腕に雀蜂のタトゥーを入れた主要構成員たちがひっきりなしに引っ張られてきて、南大田署の取調室はまさに連日満員御礼《まんいんおんれい》の状態だった。

ただその成果は、今のところ見込んだ通りには挙がっていなかった。

たしかに組対四課の報告通り、《愚連蜂》ではトップが交代したことをきっかけに、派閥間の対立が表面化していたらしい。その影響で、対立派閥の中で特に目障りだった加瀬俊也を狙っていた――私たちが逮捕した前澤光大は、四課の取り調べでそう供述したそうだ。

ただその加瀬俊也が一週間近く前から姿をくらませていたため、前澤光大は派閥構成員に命令し、加瀬を捜させていたという。あの廃工場は、その心当たりの一つだったそうだ。

「……あそこは昔、連中が溜《た》まり場《ば》にしてやがったからな」

けれど派閥構成員が深夜に様子を見に行ったとき、すでにそこには遺体発見の報を受けて現着した警察車輛《しやりよう》が、赤いランプを回して停《と》まっていたらしい。

「……だから朝になってから、俺が直接様子を見に行ったんだ。もし勇み足で誰かが加瀬を殺《や》ったんだとしたら、そいつを匿《かくま》うのか出頭させるのか、方針を決める必要があんだろ」

もちろん捜査本部は当初、その前澤光大のグループこそが殺害の実行犯に違いないと疑っていた。

けれど他の構成員を取り調べたところ、彼らの証言も前澤光大の供述と矛盾なく一致し、その裏が取れた形になってしまった。前澤光大は逮捕後、署内に留置されていたから、口裏を合わせることはできなかったはずだ。

遺体が遺棄されていた現場からも、これといった手がかりは得られていない。犯人の指掌紋や足跡は採取されず、遺体を運び込んだ車のタイヤ痕こそ見つかったものの、車種の特定までは困難だという。

もちろん例外もあるけれど、殺人事件の場合、事件認知から二週間といえば、捜査はまだまだこれからといった時期だ。ただ被害者の素性や現場の状況から、被疑者は絶対に自分たちのリストの中におり、特定も容易と踏んでいたのだろう。スピード解決で大手柄を目論《もくろ》んでいただけに、組対四課の捜査員たちの顔には、自信を持って振りにいった球がすとんと変化して盛大に転倒させられたかのような悔しさと苛立《いらだ》ちがありありと見て取れた。

組対四課を中心とした捜査班がそんなふうに苦虫を嚙み潰す一方で、

「いやいやいやー、これは俺たちのほうに追い風が吹いてきたんじゃないっすか？」

捜査会議終了後、笛吹巡査長がにやにやしながらそう嘯《うそぶ》いた。彼の調子のいい軽口に班員たちは苦笑しつつも、どこか同意を示すような目をする。

会議が引けても、管理官をはじめとした上層部はその場で相談を続けていた。おそらく、ある程度の捜査方針の見直しがされるのだろう。とはいえ、状況からして被疑者が半グレ集団の構成員だという見方が揺らぐことはないはずだ。ただ、半グレ集団は組織の実態がつかみにくいため、被疑者が組対四課のリストからもれている可能性も考えられる。となると、地取りなどの基本捜査に徹していた捜査一課も、半グレ集団内部の新たな参考人をピックアップするための捜査に回されるのかもしれない。つまり、私たちにも手柄を挙げる目が出てきたことになる。

けれど、

「………」

そんな中でも私だけは、周囲の雰囲気にうまく馴染《なじ》めずにいた。

「やかましいぞ。はしゃぐな、笛吹」

仙波主任は笛吹巡査長を睨めつけてから（笛吹巡査長は悪びれる様子もなく、「うーす」と首を縮めた）、ふと私のほうに訝しげな目を向けた。

「どうかしたか。親が死んだような顔して」

「あ、いえ……」

親は二人ともすでに死んでいるので顔とは無関係です、という言葉が頭をかすめたけれど、そんな返事を口にすれば場の空気を冷やすだけだと気づいて、何でもありません、と答えるにとどめた。

ただ。

ひょっとすると普段の私なら、そんなことは気にもせず口にしていたかもしれない。

そしてあるいは仙波主任も、そう返ってくることを織り込み済みで尋ねてきたのだろうか。私の態度にますます不審を覚えたのか、眉をひそめた。

けれど、幸いこの場でそれ以上の追及はなかった。主任は班員たちに目を向け、引き締め直すように言う。

「立浪。《愚連蜂》の情報は?」

「いつでも引っ張ってこれます」

主任は頷いた。この好機に伏せていたカードを切り、逆転を狙う算段なのだろう。班員全員に向かって続ける。

「——さっき達しがあったばかりだが、明日は帳場もいったん休みだ。とりあえず全員、今日はさっさと帰って寝ろ」

その旨は、会議の終わりに捜査員たちに通達されていた。

少ないながら、捜査本部にも休みはある。刑事も人間だ。完全不休では働けないし、疲労を溜め込めばどんどん能率も落ちていく。普段より少し早い非番ではあるけれど、おそらく一度捜査を仕切り直す意味もあるのだろう。

けれど仙波主任の命令に、笛吹巡査長はたちまち不満そうな声を上げた。

「えぇー、飲みに行きましょうって! 久々の休みなんですから!」

文字通り朝から晩まで二週間、休みなく捜査に専従した上でこの台詞が出てくるのだから、彼は本当にタフだと思う。

　仙波主任は呆れたように目を細め、

「勘違いすんなよ。組対四課の連中は目立った手柄を挙げられちゃいねえが、それはこっちも同じなんだ。休み明けに使い物にならなかったら、帳場から叩き出すからな」

　そう釘を刺す。けれど、踵を返す前にこう付け加えた。

「俺は帰るが……今夜はせいぜい三、四杯までにしとけ。いいな」

　お疲れ様でした、と立浪巡査部長をはじめ、班員たちが声をかける中、笛吹巡査長が隣の同僚に小声で言った。

「ああ見えて主任、結構恐妻家だし、帰って家族サービスとかするんすかね？」

　もちろんそんな軽口をまんまと聞き逃すような仙波主任ではない。

「おう笛吹！　そんなに飲みたきゃ、いっそ酒樽《さかだる》に頭から突っ込んでやろうか!?」

　振り返った主任が刃物のような目つきでにらみ、

「手伝います、主任」

　立浪巡査部長が大真面目な顔で冗談を飛ばした。他の班員たちは呵々《かか》と笑い、笛吹巡査長は何度も首を横に振る。

　皆がまとまって一つの物事に集中している気持ちよさが、そこにはあった。互いに気兼ねなく軽口を言い合える、この風通しのよさと結束の固さこそが、仙波班の検挙率の高さを支えているのだろう。

けれど。

今の私は見えない壁を一枚隔てたところから、無意識のうちに彼らのやりとりに目を配っていた。

そして、

「——」

そんな自分にふと気づいて、心底やり切れない思いに駆られた。


南大田署は幸い蒲田駅《かまたえき》の目と鼻の先にある。早足で駅の改札を抜けると、ホームにすべり込んできた終電にぎりぎりで間に合った。車輌内は暖房がきいていて、思わずほっと息をつく。

私は現在、池袋《いけぶくろ》にアパートを借りている。近くの十条《じゅうじょう》には両親を亡くしたあと私を育ててくれた養護施設があり、馴染みもあったからだ。本庁のある桜田門まで電車で乗り換えなしの二十分という立地も便利だった。ただ蒲田からはその倍の四十分近くかかってしまうので、近頃はわざわざ帰宅せず、署に泊まり込むことも増えていた。

けれど今夜の私には、行かなくてはならないところがある。

上りの電車なので混雑はしていなかったものの、もちろん座れるほど空《す》いているわけでもなく、車輌の扉のそばに身を寄せて立つ。規則的な電車の揺れに任せ、流れていく街の明かりを車窓から見るともなく眺めながら、長く細い息を吐いた。

手柄を挙げられていないのはこちらも同じ、という主任の言葉がよみがえる。それは事実だった。

私たち捜査一課は、南大田署の捜査員と組んで徹底的に地取りを行った。ただ周囲にはコンビニの一軒もなく、深夜になると人通りはほぼ皆無になる。怪しい人物や車輌の目撃証言は出てこなかった。周囲の防犯カメラの検索結果も、今のところやはり捗々《はかばか》しくない。遺体遺棄に利用できる現場のことを知っていた可能性のある《金木鉄工所》の関係者にも当たってみたけれど、そもそもネットで調べればそういった情報はいくらでも出てくる。その手の情報へのアクセス記録からたどろうにも数が膨大すぎるし、そんな薄弱な根拠ではとてもプロバイダーへの令状は下りなかった。

それでも、わずかながら進展もあった。それは被害者の死亡推定日時と死因が特定されたことだ。

「――遺体は死後一週間ほどの状態で、死亡推定日時は十月二十八日前後。死因は、溺死で間違いないだろうとのことです」

捜査が始まってから三日目の会議で、担当の捜査員から法医学教室の監察医の所見が報告された。

溺死。

それは、私たちが現場で陣内班長から聞かされた見立てと同じものだ。

管理官が訊き返す。

「確かか?」

「はい。被害者の後頭部には打撲痕が、両腕と両足には複雑骨折と開放骨折が多数あり、これらには生活反応も見られましたが、いずれも致命傷ではないようです。一方で、血中から睡眠導入剤の成分が、眼瞼結膜と眼球結膜には溢血点の痕跡が認められ、肺の中からは水棲《すいせい》の微生物の死骸が採取されたとのことです。以上から、被害者は意識のない状態で拘束された上、四肢を何度も車で轢き潰され、その後、どこかの川か用水路、側溝などに突き落とされて殺害されたのではないか、というのが監察医の所見です」

「そうか。ではやはり、今回の殺しは半グレ集団による私刑の線で堅そうだな」

もちろん現状、私もその線を疑ってはいない。

ただ、それならどうして何も手がかりが出てこないのだろう。

捜査一課同様、組対四課も精鋭ぞろいだ。これだけ状況証拠がそろっていれば、何か一つや二つはそれらしい証言や物証が出てきてもよさそうなものだ。けれど、こうまで見事に手応えがないのはちょっとおかしい。

それとも、何か根本的な見込み違いでもあるのだろうか。例えば、実は加瀬俊也殺害は半グレ集団の私刑によるものではない、とか。

「――――」

私の思考はぐるぐるとさまよった挙句に行き場を失い、小さなため息として口元を衝《つ》いて出《で》た。

……いや、わかっている。さすがに無理筋だ。もし半グレ集団の私刑でないとすれば、あの手の込んだ殺害方法の意図がわからなくなる。可能性だけなら、いくらでも挙げられる。けれど状況証拠に基づかないのであれば、それはただ理屈を弄んでいることにしかならない。

そうとわかっているのに、それでも考えてしまうのは、他に考えたくないことがあるせいだ。そのこともまた、私は自覚していた。

この二週間、私は否応《いやおう》なくそれについて考えずにはいられなかった。おかげでどうしても気持ちが上向かず、コンディションが整わない原因にもなっていた。

扉の窓に額を押し付ける。

まったくどうかしている、と思わずにはいられない。

殺人事件の捜査をしながら、その捜査を共にしている班員たちのことも、疑わなければならないだなんて……。

2.

遡ること二週間前――。

「……わかりました」

人事一課監察係の尚澄監察官から、捜査一課内の情報持ち出しに対する内部監査への協力を持ちかけられた私は、やがてそう承諾した。

――情報を持ち出したのは、仙波班を含む捜査一課強行犯殺人犯捜査四係の刑事である可能性が非常に高い。

尚澄監察官のその言葉を、もちろん最初は信じたくなかった。

ただ続けて彼が取り出したバインダーに綴《と》じられた書類の束――情報の持ち出しがあった日時と、サーバーにアクセスがあったIDのログ、そのとき捜査一課で本庁待機となっていたのが殺人犯捜査四係の刑事たちだけだったという記録――を参照した私は、いよいよ返事に窮した。

データベースの情報を閲覧する際にはIDとパスワード、そして専用の端末を使わなければならない。それは刑事部屋にも設置されている。その情報の持ち出しは固く禁じられているものの、閲覧すること自体は誰でも簡単にできるし、普段から部屋に出入りしている人間なら端末を操作していても不審に思われないだろう。

「情報の持ち出しがあったのは今年の三月十九日、午前九時十分。使われたＩＤとパスワードは捜査一課の刑事のものでした。ただその刑事は、当時立っていた所轄署の捜査本部に詰めていて、同所轄の捜査員の証言などからアリバイも確認されました」

「……つまり、その刑事のＩＤとパスワードを盗んだ、別の刑事が？」

「僕はそう見ています」

「防犯カメラには、端末を使った人物が映っていなかったんですか？」

「ええ。防犯カメラは廊下だけ――それもエレベーターホールにしか設置されていません。実際に誰が端末を使っていたのかはもちろん、そのとき誰が刑事部屋にいたのかも不明です」

　警視庁に限らず、各警察署や本部内のセキュリティが甘いことは近年指摘されていることだ。実際、その隙を突いた証拠物件の持ち出しや現金横領といった事件も起こっている。

　それでも、私はすでに検討済みだろう可能性を挙げた。

「本庁のシステムが外部からハッキングを受けた可能性はないんですか？」

「いえ、その痕跡はありませんでした。ＵＳＢへの書き込みログも残っているので、不正アクセスをした人間はＵＳＢドライブを使ったんでしょう。どんな情報が持ち出されたかはデータのサイズが大きいので用意していないんですが——用意しましょうか？」

「……いえ、結構です」

一瞬これらの話はすべてでっち上げられた嘘《うそ》で、何らかの目的で私を罠《わな》にはめようとしているのでは、という考えが脳裏をかすめる。けれどすぐに、そんなはずがないと打ち消した。彼がその気になれば、こんな時間と手間をかけずとも、私の首ぐらい簡単に切れるはずだ。

いずれにしろ、私に選択肢はない。この件に協力しなければ、彼は私の口を封じるだけなのだから。

一瞬そう思いかけた私は、けれど、ふと思い直した。

……いや。

ひょっとするとこの話が私のところへ来たのは、むしろ幸運なことだったのかもしれない。

「……わかりました」

覚悟を固め、私はそう応じた。

適度に冷めたコーヒーを飲んでから、

「……ただ、一つだけ条件があります」

と付け加える。

尚澄監察官は小さく片眉を上げつつも言った。

「聞かせてください」

促されたことに勢いを得て、私は続ける。

「もし首尾よく私が、不正にアクセスをして情報を持ち出した人物を突き止められたときは、たとえその人物が仙波班の班員だったとしても、主任——仙波和馬警部補の責任を問わない……いえ、可能な限り処分が軽くなるよう配慮していただけませんか」

捜査一課を監査していたのなら、仙波主任が私を引き上げるために無茶をしたこと、そのためにあちこちからにらまれ、難しい立場に置かれていることも、尚澄監察官は先刻承知だろう。この上、もし班の誰かが不正アクセス禁止法に抵触し、警察の情報を漏洩させていたとなれば、失地の回復が難しくなるどころか、いよいよ責任を取らされて本庁を追われることにもなりかねない。

それだけは、絶対に阻止しなくては。

だからこそ、この話が私のところへ来たのはむしろ幸運だったのだ。

私が監査への協力を受け入れる代わりに、この交換条件を呑んでもらえれば、最悪の、その一歩手前でなんとか踏みとどまれるかもしれない。

「…………」

尚澄監察官は、私の条件に否とは言わなかった。けれど、もちろん二つ返事で応じることもなかった。少し視線を逸《そ》らし、しばし思案する様子を見せる。

当然、無茶な要求であることはわかっていた。そもそも私が条件を出せる立場でもないのだ。

ただ彼が人事一課長と懇意であり、かつその課長がキャリアの彼を監察官に据えるという横紙破りを実行するようなタイプであるのなら、私の要求にも応じてくれる可能性はある。私はそこに賭けるしかなかった。

やがて、尚澄監察官は顔を上げた。

そして、大きな瞳でまっすぐに私を見ると、

「必ずとは言えません。ただ、でき得る限り善処することは約束します」

そう言ってくれた。

私は、まだ彼のことを何も知らない。ただ、応じてくれるにしろ断られるにしろ、即答されるよりはよほど信用することができた。また、そうしたいという気持ちにもさせられた。

……あるいはそれさえも見越しての返事なのかもしれない。けれど、それでも今の私は彼のことを信じるしかないのだ。

東京駅でＪＲから地下鉄に乗り換えて向かった先は、例の霞が関のビルに入ったサロ

ンだった。

「――お疲れさまです、尚澄監察官。遅くなって申し訳ありません」

昼間と違って夜は照明が抑えられ、より静かな雰囲気が醸し出されたフロアには、やはり先に尚澄監察官の姿があった。

彼は嫌な顔一つせずに屈託なく微笑むと、

「いえ、とんでもない。こちらが頼んだことですから」

笛吹巡査長じゃないけれど、こちらもこちらで毒気を抜かれる人だ。

ローテーブルにはコースターが敷かれ、ウィスキーの入ったグラスが置かれている。スーツを着こなし、ゆったりとソファに腰かけた尚澄監察官の様子は、まるで恋人でも待っていたかのようだ。周囲から見れば、そこへやってきた私はまさにそのように見えているのかもしれない。……実態は、そんな平和なものではまるでないけれど。

「氷膳さんも飲まれますか？」

普段あまり積極的にアルコールは飲まないものの、別に嫌いではないし、それなりに強いほうでもある。正直に言えば、私も一杯ぐらい飲みたい気分だった。

けれど、

「いえ、一応まだ仕事中ですから」

私が断ると、尚澄監察官はほんの少しだけ残念そうな顔をした。ただしつこくは勧めず、代わりに手を上げてウェイターを呼ぶと、自分の分もあわせてブレンドを二つ注文する。私はお礼を言って、ソファに腰を下ろした。すると、そのままどこまでも身が沈み込んでいきそうになり、思わずため息がもれた。

「お疲れみたいですね」

「……正直に言えば」

運ばれてきた温かいコーヒーに口をつける。そういえば忙しくて夕食を食べ損ねていたのだった。おかげで、カフェインが胃に染みた。

ようやく人心地がついたところで、カップを両手で持ったまま肝心の報告へと移る。

「引き続き、それとなく係員の身辺には探りを入れています。ですけど……今のところ、まだこれといった情報はつかめていません」

内部監査に協力すると決めてから、私は尚澄監察官と五日に一度ぐらいのペースでこうして顔を合わせ、仕事の進捗を報告していた。もちろん報告だけなら電話でいいし、誰かに目撃されるリスクも冒さないで済む。けれど、尚澄監察官には私をせっつく意図もあるのだろう。直接やりとりをしたいと言われて、特に反対はしなかった。

監査対象となっている仙波班を含む捜査一課殺人犯捜査四係の係員は、私を除いて十五人いる。その全員が男性だ。尚澄監察官の見込み通りなら、この中に情報を持ち出した人物がいることになる。彼らのアリバイに関しては、すでに尚澄監察官のほうで徹底的に洗っているので、現在、私が調べているのは動機の有無だった。

「尚澄監察官は、動機は何だとお考えですか？」

「十中八九、金銭目的でしょうね」

尚澄監察官は断言した。

「警視庁のデータベース情報は一部の人間には値千金の価値がある。闇に流せば、百万円単位の金額は簡単に稼げます。実際過去の情報持ち出しのほとんどが、何かしら金銭に絡んだものですから」

「……なるほど」

たしかに、それは一番最初に考慮すべき可能性かもしれない。

だから私はまず、何らかの事情で生活に困窮していたり、ギャンブルにはまっていたりする係員がいないかどうかを調べることにした。

けれどこの監査任務が、殺人事件の捜査と並行して行うにはあまりに無理のある仕事だと、私はすぐに痛感することとなった。

そもそも殺人事件の捜査だけでも目が回るほどの激務だ。毎日朝から晩まで、足を棒にしてしらみ潰しに現場近隣から情報を聞いて回る。それがいつ終わるとも知れないまま延々続く。そんな中で、一緒に犯人を追う立場であるはずの班員にまで目を配るのは、ほとんど曲芸じみていると言ってよかった。

「特に帳場が立ってから、私たちは所轄の刑事と二人一組で行動するので。班員に突っ込んだ話を聞く機会もあまりなくて」

そう言う私の歯切れが悪くなったのは、報告の内容が捗々しくないから、というのもある。けれど本当のところは、同じ班員たちも含めて疑っていることを、私自身がまだ割り切れていないせいだ。

刑事と一口に言っても、部署ごと、個人ごとにその性格は様々だ。ただそんな中でも仙波班の班員たちは、互いにまぶしいぐらいの信頼関係があり、常に生き生きと高いモチベーションで仕事をしている。

そんな彼らを前にして、

――この中の誰かが情報を売り渡しているかもしれない。

常にそんな疑いを胸に秘めていることはどうしても後ろめたく、おかげで私は捜査にも監査にもいまいち集中できずにいるのだった。

それでも、もちろん監査の手を抜いてはいない。仙波主任の立場を守るためにも、そこはブレていないつもりだった。

その意気込みが多少は伝わったのか、尚澄監察官は頷き、

「……なるほど。時期に恵まれませんでしたね。まさか偶然、時同じくして捜査本部が立ち上がるなんて」

私に同情的な言葉を口にした。

「明日は捜査本部が休みなので、本庁のほうを調べてみるつもりです」

私がそう言うと、尚澄監察官は気遣わしげな表情をして、

「無理しないでくださいとは言いません。ただ……それでもあまり無理はしないでくださいね」

「……はあ」

思わぬ労《ねぎら》いの言葉に私は戸惑い、彼をうかがうような目になってしまった。もちろん言葉の意味がわからなかったわけではない。むしろ不器用で飾り気がない言い回しである分、より気持ちは伝わった。ただどうして彼が私を気にかけるのか、それがわからなかった。もう二週間も監査の進展がない以上、厳しい言葉の一つも覚悟していたというのに。

報告を終え、コーヒーも飲み終えたタイミングで、彼はさり気なくジャケットの内側に手を入れた。

「どうぞ使ってください」

取り出したのはタクシーチケットだ。クレジットカード会社が発行したもので、五千円分がひと綴《つづ》りになっている。捜査はどうしても夜までかかり、蒲田の本部を出るのは終電ぎりぎりになってしまう。その後、霞が関で監察官に報告を終えると、帰りの足は

タクシーしかない。さすがに捜査一課の経費で落とせるかわからなかったので、初回は自腹を切ったところ、その次の報告からこうしてチケットを渡してくれるようになったのだ。

「気がきかなくてすみません」

何事にもそつがないと噂のキャリア警察官である彼が、妙に慌て、小さく頭を掻いた姿を思い出しながら、私は訊いた。

「あの、尚澄監察官。一つ質問してもいいですか？」

「なんです？」

「その……どうしてここまで私によくしてくださるんですか？」

すると尚澄監察官は二度瞬きしたあと、なぜか手で額を押さえ、小さくうなだれてしまった。

「……やっぱり誤解されてましたか。いえ、無理もないんですけどね。形としては、あなたを脅したような恰好になっているわけですから」

ゆるくかぶりを振りながら、小さくため息をつく。

「あの？」

小首をかしげる私に、顔を上げた彼は、

「ああいえ、すみません」

しばらく思案する様子を見せたあと、思い切るように、実は、と言った。

「なんというか、僕はあなたと会うのを楽しみにしていたんです」

「え？」

あまりに意外な事実を明かされ、理解が追いつかなかった。

「あなたが、噂の人であることはもう話しましたよね」

「……はい」

「もちろん、普通の警察官なら敬遠の対象なんでしょう。ただこれも言った通り、あなたの今の状況は奇跡的です。持っているとしか思えない。だから興味があった……と言うと、ちょっと味気ないですね。そう、いわば憧れのようなものです。実際、あなたとお話をするのはとても楽しいんですよ。聡明《そうめい》で冷静、理解も早い。何より、反応がユニークなので」

そこで彼は、しゃべりすぎたことを恥じるように頭を掻いた。

「……すみません。あなたは大変な状況だというのに。何を呑気《のんき》なことを、と叱られますね」

正直に言えば、そう思わないではなかった。ただ、こんなことを面と向かって言われたのは掛け値なしに人生で初めてのことだったので、私はいささか以上に面映ゆく、それこそ反応に困ってしまった。

尚澄監察官は咳払《せきばら》いをして、ともかく、と続けた。

「あなたに仕事はしてもらうつもりです。僕も成果が必要なので。ただ、あなたに無理矢理命令を呑ませたり、まして敵対したいわけではないんです。それだけは誤解しないで――いや、信じてください」

彼はすでに三十代の若さにして警視であり、将来の警察官僚候補の一人だ。文字通り、私とは立場に天と地ほどの差がある。にもかかわらず、年下の女性である私に何の衒《てら》いもなくこんなふうに言えてしまうところは、ひょっとすると人によっては鼻につくのかもしれない。

けれど、普段から四面楚歌《しめんそか》が日常の私にとっては、とてもありがたい対応であることは事実だった。少なくとも、目の前の仕事にこれまでよりは前向きにはなれる気がした。

……これが彼流の人心掌握術なら、もはや脱帽するしかないけれど。

サロンを出て、二人でエレベーターで地上に下りる。

通りに出て流しのタクシーを拾った彼は、私が後部座席に乗るのを見届けてから、ドアに顔を近づけ、ささやいた。

「引き続き、成果を期待しています。おやすみなさい、氷膳さん」

3.

……自分が夢を見ているのだということはすぐにわかった。なぜなら、これまでにも繰り返し見てきたあの夢だったからだ。

ぼんやりとした薄暗い視界の中、目の前に顔が浮かんでいる。大人の顔だ。私のことを覗き込んでいる。黒くぼけていて、その輪郭すらはっきりしない。

その誰かが、不意に私のほうに手を伸ばしてくる。

その手の甲には、火傷《やけど》の痕のような、引きつれを起こした皮膚の爛《ただ》れがある。手はゆっくりと私の頭を撫《な》でるように動き、そして――

「…………」

いつものように、そこで目が覚めた。

カーテンが閉まった薄暗い部屋の中、横を向いて壁にかかった時計に目をやる。時刻は午前六時だった。非番にもかかわらず、習慣というのは恐ろしいものだ。私はベッドに身を起こし、寝汗でぐっしょりになったシャツを引っ張りながら小さく息をついた。

両親が殺されたとき、私はまだ三歳にも満たない幼児だった。だから見たもの聞いたもの、何一つとして憶《おぼ》えていない。

ただ時折、今の夢のような光景が、ぼんやりと残像のように脳裏に現れる。

阿良谷博士いわく、これらは私がしまい込んでいた記憶の顕在化であるという。無理に思い出そうとすると記憶そのものを歪《ゆが》めてしまう可能性があるそうなので、私は普段、殊更意識しないようにしている。

けれど昔からこの記憶に触れると、言い知れない黒い不安が頭をもたげ、鼓動が速くなった。……夢の中にまで出てこられては、寝覚めも悪くなろうというものだ。

もう一度息をついてベッドから抜け出す。気持ちを切り替えようと、風呂で熱いシャワーを浴びた。

昨夜コンビニで買っておいたパスタとチキンサラダで朝食をとり、メイクと身支度を整えてアパートを出る。徒歩で向かった先は、池袋駅西口の雑居ビルの中にある道場だ。

私が《シラット》を始めたのは高校のときだ。友人に誘われてソフトボール部に入ったものの、その健全さにうまく馴染めず辞めてしまったばかりの頃に、偶然道場を見つけたことがきっかけだった。最初はその苛烈さ、容赦のなさ、血の気配——そういったものに驚いたものの、不思議と性に合っていたのか、以来長く続けている。特にこの一年余り——奥多摩署に異動になってから——は、時間を見つけてより通うようになり、身体と技術を徹底的に鍛え直した。

近頃、ふと思う。

ひょっとすると私は、この東南アジア発祥の武術に、あらゆる意味で救われてきたのかもしれない。警察官になってから被疑者と大立ち回りをしたときなどはもちろんだけれど、それ以上に、私自身の中に存在する形のない不安を飼い慣らすための術としてだ。もし幼少時から無意識に抱えていたそれを気にしないようにやり過ごして、小さなわだかまりを募らせ続けていたとしたら、きっといつか、よくないことになっていた気がする。

ただ私は、人生の早い段階でシラットと出会うことができた。自分自身を鍛え、不安を飼い慣らす術を得られたのは、とても幸運だったのだと思う。

ウェアに着替えてウォームアップをしたあと、基本の型を練習する。その後、トレーナーを相手にコンビネーションと返し技の確認を行った。

呼吸を整えながら、タオルで汗を拭く。疲れているときでも軽く身体を動かしたほうが、静脈の血流が改善され、疲労物質の排出が促される。いわゆるアクティブレストという手法だ。これで今夜しっかり睡眠を取れば、明日には疲労も抜けているだろう。何より久々に気持ちよく身体を動かしたので、捜査と監査の板挟みになっていた頭も多少すっきりした。警察官としていつでも冷静に、判断を間違わないよう努めてはいるけれど——刑事は自分の鼻と頭を使え、という仙波主任の薫陶もある——本来、私は電化製品は叩いて直すタイプだ。あれこれ考えすぎるのは合っていないのだろう。

さて。

再びシャワーで汗を流し、メイクを直してから、ロッカールームでスーツに着替える。そして、昼食にファミレスで二百グラムのハンバーグステーキを食べ、午後一時、混雑していない電車で桜田門の警視庁本部庁舎へ向かった。


捜査一課の刑事部屋は、やはりがらんとしていた。基本的には土日関係なくいずれかの係が在庁待機しているはずだけれど、今日に限ってはその姿も見当たらない。何か事件が認知され、全員が現場に出張ったのだろうか。

ともあれ、こんな機会はそうそうない。

私は仙波班の島にある自分の席に着くと、周囲をもう一度見回し、人目がないことを確認した。おもむろに立ち上がり、隣の机の引き出しに手をかける。

手がかりになりそうなものなら何でもよかった。ただ、もっとも期待していたのはUSBドライブの類だ。

正規の手続き以外での情報の持ち出しは、もちろん固く禁止されている。同時に、記録メディアを刑事部屋に持ち込むこと自体もNGではないものの、はばかられる傾向にある。もちろんその理屈で言えばデータ移行が可能な仕事用のスマートフォンもだめということになるけれど——ただ、実際には尚澄監察官の言う通り、より小型の目立たない記録メディアが利用された可能性が高いだろう。だから、もしそれを刑事部屋に持ち込んでいる人間がいれば、被疑者として当たりをつけられるかもしれない。そう考えていた。

もちろん他人の机の引き出しを無断で覗くことに強い抵抗と罪悪感はあった。それでも、仙波主任の立場を好転させるには必要なことなのだ——そう自分に言い聞かせ、私は手に力を込める。

けれど私の目論見は、そううまくはいかなかった。記録メディアの類は一つも見つからなかったし、鍵がかかっている引き出しもあったからだ。……逆に、私の隣の笛吹巡査長の引き出しの中には、IDとパスワードが書かれたメモが入っていて、いささか閉口もしてしまった。その脇の甘さは、彼らしいと言えばらしかったけれど。

ともあれ、見つかれば一切言い訳がきかない場面だ。仙波班全員の机をチェックし終えたときには、じっとりと背中に汗をかいていた。同時に、それらしい証拠が見つからなかったことに、どこかでほっとしている自分もいた。

そして、ふと気づいた。

私はこれまで、班員を疑うことに抵抗があるのは、服務規程違反を犯した私が監査に携わることへのおこがましさゆえだと思っていた。

けれど、立浪巡査部長や笛吹巡査長、その他の班員たちの仕事ぶりや雰囲気に触れたことで、どうやら私は、彼らから認められたいと考えるようになっていたらしい。

その発見を我ながら意外に思ったときだ。不意に出入り口のほうに人影が見え、私ははっとした。

部屋に入ってきたのは立浪巡査部長だった。仙波主任の右腕を務める大柄な刑事は、席に着くでもなく立ち尽くしていた私に気づいて、かすかに眉を上げ、

「――どうした」

と、短く訊いてきた。

「いえ、捜査本部が休みのうちに、たまっている仕事を片づけておこうかと」

持ち前の無表情のおかげで、どうやら内心の動揺は悟られずに済んだらしい。そうか、と立浪巡査部長は頷いた。

「……立浪巡査部長は、今日はどうして？」

うかがうように訊くと、

「ちょっと組対三課にな」

ああ、と私は納得した。昨日、仙波主任が指示していた件だろう。

「そのついでに、俺も少し仕事を片づけていくことにした」

そう言って席に着き、パソコンを開く。そのまま私も座るのも不自然なので、給湯室でお茶を淹れることにした。湯気の立つ湯呑みを立浪巡査部長のデスクに置く。

すまんな、と言いながら立浪巡査部長は湯呑みを一瞥しただけで、手も触れない。余計なお世話だっただろうか、と立ち去りかけたところへ、

「少しはここに慣れたか」

と、声をかけられた。

「はい、おかげさまで」

嘘ではなかった。少なくとも仙波班の班員は、私みたいな規則破りにも一定の節度を持って接してくれている。それだけでも充分に恵まれているほうだ。

私の返事に、立浪巡査部長はしばし黙り込んだ。私ほどではないけれど、立浪巡査部長もまた口数が少なく表情にもとぼしいのでかなりわかりにくい。けれど私の勘違いでなければ、それは何かを逡巡しているような間だった。

やがて、

「笛吹の風当たりが特別キツいのは、勘弁してやれ」

とだけ言った。

私は小首をかしげ、

「笛吹巡査長が、何か？」

そう訊いたけれど、立浪巡査部長はゆるく首を振った。

「……いや、俺が話すことじゃなかった。忘れてくれ」

「はあ」

気になったけれど、そう言われては追及しようもない。どうにも宙ぶらりんな形で会話の接ぎ穂をなくしたそのときだ。ジャケットのポケットの中でスマートフォンが震動した。取り出してみると、知っている相手からの通話だった。

「失礼します」

立浪巡査部長に断ってからすぐに廊下に出て、通話を受ける。すると、

「――お忙しいところ申し訳ありません。今、よろしいですか」

阿良谷博士の弁護士を務める宝田《たからだ》久徳《ひさのり》だった。

宝田と初めて顔を合わせたのは、もう一年余り前のことになる。それ以降、阿良谷博士と接見するときは、いつも彼に取り次ぎをお願いしていた。なので、私のほうから連絡することはあっても、彼のほうからというのは実はあまりないことだ。

「氷膳さん、急なことで大変恐縮なのですが、できれば今日、少しばかりお時間を頂戴できませんか」

いつもの薄い笑みを含んだ余裕のある話し方の中に、少し急《せ》くような雰囲気を感じ、私は訊いた。

「非番ですから大丈夫ですけど……どうかしたんですか？」

まさか阿良谷博士に何か？

「ええ。実は――」

そんな私の危惧は、半分だけ的中した。

「阿良谷が、氷膳さんとの接見を求めていまして」

「えっ」

まさかの逆接見希望に私は思わず大きな声を出してしまい、通りかかった職員が何事かと驚いたような顔で振り返った。

4.

警視庁本部庁舎をあとにした私は、一度自宅に戻った。あるものを手にすぐに池袋駅へと取って返し、JR山手線《やまのてせん》と地下鉄東西線《とうざいせん》を乗り継いで早稲田駅《わせだえき》に向かう。車輛を降りたときには、時刻は午後四時になっていた。

待ち合わせ場所に指定されたカフェチェーン店二階のテーブル席には、すでに宝田の姿があった。

「突然お呼び立てして申し訳ありません、氷膳さん」

年齢は三十代。背が高くシャープな顔立ちで、オールバックの髪にスクエアフレームの眼鏡をかけ、ダークネイビーのスーツを着こなしたスタイルは見るからに仕事ができそうだ。ただ物腰はやわらかく口元も薄く笑っているのに、本心はまるで裏腹なように思える。相変わらずエグゼクティブな外見にもかかわらず、一癖も二癖もありそうな弁護士は、立ち上がって私のことを出迎えた。

「いえ、こちらこそ奥多摩署にいたときにはいろいろ無理を聞いてもらったので、お互い様です」

明日からまた南大田署の捜査本部に戻り、朝から晩まで殺人事件解決の手がかりを求めて管内を歩き回ることになる。阿良谷博士と接見するのであれば、今日のうちが私としても都合がよかった。いずれにせよ博士との接見は十五分以内に制限されているので、多少遅い時間になっても問題はない。

それに——

「あの、ひょっとして博士に何かあったんですか？」

阿良谷博士のほうから私に接見を求めてくるなんて、これが初めてのことだ。一体何事だろう。そう思わずにはいられなかった。

先月の接見での違和感が、胸の内によみがえる。あのときの博士は、どこか様子がいつもと違うように思えた。今回の突然かつ初めての逆接見依頼は、それと何か関係があるのだろうか。

宝田はどこか皮肉げな、ある意味でとても彼らしい表情を浮かべると、

「どうでしょう。あると言えばあるし、ないと言えばないといったところですか。あらかじめわかっていたことなので」

まるで謎かけのような言葉を口にした。私は小首をかしげる。

宝田は腕時計を確認し、

「とにかく行きましょう。あまりぐずぐずしていると接見可能時刻を過ぎかねませんので」

《東京警察医療センター》の接見は午後五時までだ。弁護士である宝田は基本的に二十四時間いつでも接見が可能だけれど、外部の人間である私はそうもいかない。

割り切れなさは残りつつも、ひとまず私は頷いた。


早稲田通りの交差点から夏目坂《なつめざかどお》通りを下り、途中で右に折れると、閑静な趣の街並みの中に、緑と黒柵に囲われた《東京警察医療センター》の敷地が現れる。

精神科病棟の地下一階にて所定の手続きを終えた私は、前回と同じように詰め所の扉をくぐると、一人で博士の〝研究室〟への廊下を進む。すると数えて六番目の房には、予想外の光景が待ち構えていた。

「――捜査資料を」

なんと阿良谷博士が立ち上がった状態で、私の到着を待っていたのだ。

思わず目をしばたたかせる私に、博士は不機嫌そうに眉根を寄せた。

「……何なんだ、その反応は」

「あ、いえ」

いつもベッドに横になった状態で一分一秒が惜しいとばかりに本を読み、話に興味が湧かなければ身を起こすどころかこちらを見ようともしない——そんな態度に慣れ切っていたので、面食らってしまった。けれど考えてみれば、今回私を呼び出したのは博士なのだから、特におかしなことではないはずだ。

ただ、そうするとやはり最初の疑問に立ち戻る。……どうして今回に限って私を？

けれどそれを訊くには、やはり今はどうしても時間がなかった。

「すみません、博士。捜査資料に関しては、今日は用意できませんでした。非番でなければ、隙を見て本部から持ち出せたかもしれないんですけど」

あらかじめ宝田から電話で、阿良谷博士が『東糀谷半グレ構成員殺人事件』の捜査資料を要求している、ということは伝えられていた。私がその事件の捜査本部に加わっていることは宝田には伝えてあったので、博士は彼からそれを聞いたらしい。

私は鞄《かばん》を開けると、セミB5サイズのノートを取り出した。

「その代わり、私が個人的につけている捜査ノートを持ってきました。捜査情報に関して遺漏はないはずです。現場の写真がないので、それだけは問題かもしれませんけど」

捜査の進捗や自分なりの疑問をノートにまとめ、都度参照している刑事は多い。状況を整理し、客観視するのにも役立つので、私も刑事になってから携わった事件に関してはすべてノートに記録している。

けれど、と思う。今回の事件は、たしかに殺害方法こそ凄惨だ。それでも猟奇的というほどではない。一体どこが阿良谷博士の興味を引いたのだろうか。

「とにかく見せてくれ」

房のあちらとこちらで物のやりとりは一切できない。そこで私はいつものように、開いたノートをガラスの前で広げる。

その前でかすかに上半身を折った博士は、無造作にページを見つめた。ノートの左上から右下にかけてさっと視線をすべらせ、

「――次」

と言う。

相変わらずきちんと読み込めているのか心配になるほどの速読だ。印刷された資料ではなく手書きのノートでも、それは変わらないらしい。

指示に従って次々にページをめくりながら、私は少しばかり落ち着かない気分を味わった。……自分の手書きの文字を他人に見られるのに妙な気恥ずかしさを覚えるのは、はたして私だけだろうか。とはいえ博士に気にした様子は微塵も見られなかったので、

私も気にしていない振りを通した。読めないほどに汚い字ではないのだと、ひとまず自分を納得させておく。

二分とかからずに二十ページほどのメモやチャートを読み終えた阿良谷博士は、すっと身を起こし、

「……なるほどな。やっぱり思った通りだ」

その確信の色が込められた呟きに、私は小首をかしげた。

「どういうことですか？」

すると阿良谷博士はいつもと変わらない口調で、事もなげにこう言った。

「――東糀谷で発見された半グレ構成員の殺害。これは間違いなく快楽殺人者の手によるものだ」

私はこれまでに阿良谷博士が独自のプロファイリングによって、警察の見逃していた手がかりを見つけ、捜査線上になかった犯人像を浮かび上がらせるところを何度も見てきた。広範な知識と警察の捜査資料、さらには自ら犯罪計画に手を染めて収集した貴重なデータを基に導き出されるその分析は、大袈裟《おおげさ》でなくほぼ百パーセントの確度を誇り、私はそんな博士の能力を心から信頼している。

ただそれであっても、今回の博士の示唆には、驚きよりもまず戸惑いが先に来た。

車で何度も手足だけを轢き潰してから、水に突き落として溺死させる。たしかにひどい殺害方法ではある。

けれど私は今回の犯行には、快楽殺人者特有のこだわりを感じなかった。

快楽殺人者とは文字通り、人の殺害そのものを目的として、自分の嗜好《しこう》を実践に移した人間のことを指す。その己の内的な衝動に従ったゆえの犯行には、彼らのこだわりが形となって表れることが多い。実際、私がこれまで目にしてきたそれらには必ず、遺体の臓器を抜き出したり、皮膚を剝いだりといった特徴的な痕跡があった。そういったものが、今回の犯行には見受けられないのだ。たしかにいくつか気になるところもあるけれど、半グレ集団による私刑がエスカレートしたゆえのものと考えたほうがまだしも納得できるのは、私も否定できないところだ。

それでも、

「――そう断言する根拠は何ですか？」

今目の前にいるのは、かつて〝怪物〟と呼ばれたほどの犯罪心理学者だ。その意見を傾聴しないという選択肢は、私にはなかった。

阿良谷博士は白いシーツのかかったベッドに戻ると、その上に片膝を立てて座り込んだ。接見時のいつもの姿勢になると、私のことを正面から見返して言う。

「……九月に荻窪《おぎくぼ》で発見された、他殺遺体のことは？」

質問に質問で返された私は、無関係な話題に戸惑いつつも頷いた。

「もちろん知ってますけど」

あれは、たしか九月末の連休明けの事件だったはずだ。……ただその頃の私は、奥多摩署から本庁へ異動する直前だったので何かとばたばたしていて、詳しい情報は仕入れていなかった。

すると、おそらく私が口ほどにはよく知らないと察したのだろう、阿良谷博士は呆れたような半眼になると、まるで詩でも暗誦《あんしょう》するかのようにすらすらと事件の概要を説明した。

「九月二十一日、火曜日の午前十時頃。杉並区荻窪《すぎなみく》三丁目の児童公園の茂みに遺棄された遺体を、子供を連れて散歩に来た近隣住民が発見した。ワンピース姿の遺体のそばには持ち物らしきバッグも落ちており、財布の中の免許証から、被害者の氏名は杉崎琴音《すぎさきことね》と判明した。年齢は三十五歳。住所は同荻窪。職業はパティスリー経営者——といっても本人がパティシエも兼ねて一人でやっていた店だ。店舗は荻窪駅前にあり、それなりに評判だったらしい。杉並署に設置された捜査本部関係者によると、被害者にはロープで縛られた痕跡があり、長く鋭利な釘のようなもので両目を潰され、さらに、その釘の上で蠟燭を燃やされていた。死因は、その傷が脳にまで達していたことによる脳裂傷だ。死亡日時は、発見から一週間前後と推定されている」

阿良谷博士はまさしく怪物的な博覧強記ぶりで、古今東西の猟奇犯罪にまつわる膨大なデータを残らず記憶し、また自在に引き出すことができる。だからこそ資料や文献に気軽にアクセスできない隔離された独房の中でも、何不自由なく研究に専心することが可能なのだ。本人はそれを、さもちょっとしたテクニックであるかのように言うけれど、もちろん私には真似《まね》できたためしはない。

ただ、

「あの、待ってください博士。一体どこからそんな情報を？」

被害者の氏名や年齢だけならともかく、殺害の詳細な手口や発見者の情報などは、さすがに新聞やテレビでは公表されないはずだ。

阿良谷博士はあっさりとソースを明かした。

「先月発売の《週刊モノス》だ。どうやらあそこの編集部には、相当の跳ねっ返り記者がいるらしいな」

週刊モノスといえば、過去に『江東区女性連続臓器欠損殺人事件』でも、警察が公表していない情報を独自に突き止め、すっぱ抜いた週刊誌だ。それだけ具体的に書かれているということは、信憑性《しんぴょうせい》もそれなりにあるのだろう。遺体の状況にも猟奇性があり、阿良谷博士が興味を持つのも頷けた。はたして杉並署の捜査本部は、この件を認知しているのだろうか。気になったけれど、阿良谷博士の次の言葉は、そんな私の疑問を瞬時に消し飛ばした。

「荻窪で見つかったパティシエ、杉崎琴音の遺体と、今回東糀谷で見つかった半グレ構成員、加瀬俊也の遺体——両者には共通点がある」

「え？」

予想外の指摘に、私は目を見開いた。

「一体どこにですか？」

「殺しの手口だ」

不可解なことを言われ、一瞬思考回路が混線を起こした。

——杉崎琴音は熱した釘のようなもので両目を潰され、その傷が脳に達しての脳裂傷による死。

——加瀬俊也は四肢を轢き潰され、その後、水に突き落とされての溺死。

どう考えても、一致するところは見当たらないように思える。少なくとも、私にはまったく見つけられない。

「あの……それこそどこに？」

そのまま返すと、阿良谷博士は嘆息するように立てた膝の上に頬杖《ほおづえ》を突き、

「……手口そのもののことじゃない。僕が言っているのは、その手口に通底する意図のことだ。いや、意志とでも言ったほうがいいか」

「意志？」

阿良谷博士は目を細め、言った。

「『熱した釘を刺し、両目を潰す』『手足を車輪で轢き潰し、水に突き落とす』。これらはどちらも近世の魔女裁判において、魔女を拷問する際に使われたとされる手口だ」

思わず目をしばたたかせてしまった。

魔女裁判？

「……というと、ヨーロッパで教会が無実の人たちを異端として審問したという、あの？」

「正確には、教会の審問官だけでなく民衆も積極的に加担していたし、行われた時期と地域、内容にもおおいにばらつきがある……が、今はひとまずその程度の理解でいい」

阿良谷博士は頬杖を突いたまま解説した。

「魔女裁判という単語はあくまで英語を直訳したもので、実際は男も女も対象になっている。訴えられた者は取り調べによって魔女か否かを糾《ただ》された。ときに拷問も用いられ、魔女とされた者は容赦なく処刑された。処刑方法はいくつもあるが、中でも火刑、いわゆる《火炙《ひあぶ》り》は有名だろう」

たしかに魔女裁判というと、告発された人々が火炙りにされて非業の死を遂げる——そんなイメージだ。

「拷問はさらにバリエーションが豊かで、『熱した釘を刺し、両目を潰す』というのもその一つだ。魔女は対象を目視することで魔術をかけると言われ、目を潰せばその力を封じることができるとされた。釘を熱するのは、より苦痛を増すためだ」

この施設の温度と湿度は空調で一定に保たれている。そのはずなのに、今聞かされた光景を想像した私は、背筋が薄ら寒くなっていった。

被害者の杉崎琴音にはロープで縛られた痕跡があったという。おそらく椅子か何かに固定されていたのだろう。その上で、両目に釘を打ち込まれたのだ。そのときの恐怖と苦痛は、もはや想像することすら難しい。燃やされた蠟燭は釘を熱するだけでなく、それを伝って流れ落ち、直接脳を焼いただろう。苦悶と絶叫を抑えられたはずがない。光を失った暗闇の中、いつまで続くかわからない耐えがたい苦痛に苛《さいな》まれ、いっそ速やかに殺されることすら願ったかもしれない。

「さらに『手足を車輪で轢き潰し、水に突き落とす』というのも、同じく魔女裁判で見られた拷問の一つだ。古来、車輪は太陽のシンボルであり、聖なるものの象徴とされ、これも魔女の力を封じるとされた。腕や足を車輪で轢くことはもちろん、車輪に縛り付けられたりもした。また水に突き落とすのも、〝魔女は水に沈まない〟という謂《いわ》れからよく行われたものだ」

こちらも改めて想像すると、その惨さに苦いものが込み上げる。

　被害者の加瀬俊也は縛られた四肢を車で轢き潰されていた。シンプルな分、恐怖と苦痛は等身大のものだっただろう。それが何度も襲い来るとなると、とても耐えられるとは思えない。変形するまで手足をずたずたにされ、身じろぎもままならない状態で水に突き落とされる絶望も、やはり想像して余りある。

「荻窪に遺棄された遺体の状況を知って、すぐにその殺害方法が魔女裁判の拷問に見立てられたものだと気づいた。目を潰されただけならまだしも、釘が蠟燭で熱されていた点までたまたま相似であるとは考えにくい。それでも偶然に偶然が重なっただけ、という可能性も否定はし切れなかった。……が、一ヶ月以上経ち、再び都内で遺体が上がった」

　それで捜査本部が立ち上がり、ある程度捜査が進んだだろう段階で情報を得ようと、私を呼び出したらしい。その捜査に、他ならぬ私自身が加わっていたことこそ、まさに偶然と言うほかないけれど。そして問題の東糀谷の遺体もまた、荻窪のものと同じく、魔女裁判における拷問と同じ手口のものだった……。

　たしかに阿良谷博士の言う通り、それらしくは思える。けれど、まだ鵜呑《うの》みにするわけにはいかない。私は刑事で、陳腐な言い草だけれど、刑事は疑うことが仕事なのだ。

「ですけど、やっぱり偶然の可能性はどうしたって排除できないんじゃ？　東糀谷の遺体は被害者の背景からして、半グレ集団による私刑がエスカレートしたものと考えても差し支えないものですし」

けれど博士は、この私の反論も想定済みだったらしい。

「――十三ページ」

そう言われた私は、すぐに気づいて自分のノートをめくった。捜査資料ではなくノートなので、特にノンブルは振られていない。にもかかわらず、博士はその記述がどのページにあったのかを憶えていたらしい。

「君自身も疑問として挙げていたはずだ。加瀬俊也は、両手足を妙なやり方で拘束されていた。一体なぜなのか、と」

たしかに。

加瀬俊也の遺体は両手足を一緒にしてロープで縛られており、そのせいで、まるで前屈でもしているかのように身体を前に折った状態になっていた。しかも、そのロープの結び方は、右手の親指と左の足首を、左手の親指と右の足首を、交差する形で結ぶという奇妙なものだった。

「これは魔女裁判の拷問で、魔女を水に突き落とす際に用いられた縛り方だ。由来には諸説あるが、これもまた魔女の力を封じるためだったとされている。ただ拘束するだけであれば、こんな複雑なやり方には絶対にならない。つまり犯人には、魔女裁判の拷問に見立てて被害者を殺害する意志があった、という動かぬ証拠だ」

博士の静かな断言に、私はしばし二の句が継げなくなった。

ややあってからはっとして腕時計に目を落とした私は、自分の失態に気づいた。残りの接見時間がすでに三分を切っている。そもそも自分が求めた接見ではなかったので、時間の配分をまったく考慮していなかった。けれど今や、事態は私にとっても他人事ではなくなっている。

すぐに頭をフル回転させ、口早に質問を繰り出した。

「博士。この犯人のプロファイルについて、わかっていることがあれば教えてください」

阿良谷博士の分析に、もはや私も疑いはなかった。

犯人は本当に、魔女裁判の拷問に見立てた殺人を繰り返しているらしい。

けれど、一体誰が？　なぜ？

頬杖から顔を上げた博士は、おもむろに口を開いた。

「――犯人の年齢は二十代から六十代。性別は不明だ」

メモを取る時間が惜しい。博士の分析の内容を、一言一句もらさず記憶に焼き付ける。

「犯人は被害者の拉致や殺害、遺体の遺棄に際して証拠や目撃者を残さず立ち回っていることから、その犯行は間違いなく綿密な計画に基づいている。明らかに秩序型だ。また、これだけの手間と労力をかけて魔女裁判の拷問の見立てを実行していることから、その動機は怨恨などではなく、強い内的衝動に従っていると見て間違いない。ただ、その衝動はやや特殊なものだろう」

「特殊？」

私が訊くと、阿良谷博士は続けた。

「対象を拷問し、苦痛を与えた上で殺害する、いわゆる拷問殺人を行った快楽殺人者は多い。有名どころは、それこそ中世のジル・ド・レやエリザベート・バートリだろうが、現代でも、妻とともに十人以上の女を拷問した上で殺害し、その自宅が『恐怖の館』と呼ばれたフレデリック・ウェスト、同じく十人以上の女を拷問、殺害した上、テレビ局に自らの犯行をほのめかした手紙を送り、通称『ＢＴＫキラー』として世間を騒がせたデニス・レイダーなど、枚挙に暇がない。今挙げた全員がそうであったように、拷問殺人犯の動機は、標的の血を見ることや悲鳴を聞くことに強い性的興奮を覚えるため、という場合がほとんどだ」

余人が聞けば眉をひそめてしまうような内容でも、博士の言葉にはまるで淀《よど》みがない。

「だが、それゆえにいずれの犯行の様態にも、どことなく奔放な色が付きまとう。昂揚《こうよう》の赴くままに何種類もの拷問を試すのはむしろ珍しくない傾向だが、魔女裁判に見立てて犯行を繰り返すというところには、そういった色がまるで感じられない」

「……たしかに」

　手本となるものに従って犯行を繰り返すのは、きっと想像以上に時間と手間を要するはずだ。犯人が本当に血と悲鳴だけを求めているのであれば、明らかにそぐわない。私が加瀬俊也の殺害現場に快楽殺人者特有のこだわりを感じられなかったのも、それが原因だろう。

　では？

「おそらく犯人は、一連の犯行にある種の使命感を抱いている。その実現をもって、自己陶酔的な快楽を得ているんだろう」

「……自己陶酔？」

　呟き、私は訊いた。

「ですけど、魔女裁判に見立てた拷問殺人を繰り返すことに、犯人は一体どんな使命感を？」

「不明だ。今のところは」

　一息置いて、阿良谷博士は続ける。

「拷問殺人を嗜好する快楽殺人者は、若い頃から手を染めるケースが圧倒的に多い。そのため、年齢は二十代から六十代とした」

「性別が不明なのはどうしてですか？」

「データが足りないせいだ。拷問殺人は犯人が対象を強姦《ごうかん》し、その有無で判別できることも多い。だが今回の事件は、その手の衝動に根差したものではない。現状では確定できない」

思わず唇を噛みたくなる。もちろん阿良谷博士を責めたいのではなく、自分の準備不足が悔しかったからだ。荻窪の事件に関しては仕方ないとしても、東糀谷の事件に関しては、私がもっと詳細にノートをまとめていれば、犯人のパーソナリティやステータスまで導き出せたかもしれない。

けれど、今はそれを言ったところで仕方がない。再度腕時計を確認すると、残り時間はあと一分だった。

おそらくこれが最後の質問になる。私は訊いた。

「何か犯人に迫れるような糸口はありますか？」

「今のところ、一つだけある」

充分だ。私は全身を耳にする。

「たとえ犯人が標的の選別に確たる条件を持っていなかったとして、それでも二件目の加瀬俊也を対象に選ぶのは、かなりハードルが高かったはずだ」

あっ、と思う。

言われてみればその通りだ。

昨今、無差別殺人の通り魔が犯行について供述する際、「標的は誰でもよかった」と口にすることがよくある。けれど実際の被害者は、圧倒的に男性よりも女性が多い。つまり犯人は、誰でもよかったと口にはするものの、結局は自分が傷つかない、くみしやすそうな相手を選んでいるのだ。自分より強そうな相手に向かっていくことは絶対にない、と断言していい。

つまり今回の事件でも、犯人がもし標的を適当に選んだのだとしても、男性で、しかも半グレ集団の構成員であり暴力にも慣れているだろう加瀬俊也を選ぶことは、まずなかったはずだ。

「それじゃ犯人が加瀬俊也を標的として選んだことにも、何らかの意図——いえ、意志があったということですか？」

「そうだ。そして、同じことが一件目の杉崎琴音にも言える」

博士は目を細め、言った。

「犯人は標的を無差別にではなく、選ぶべくして選んでいる。であれば、殺された被害者たちにも必ず何らかの共通点があるはずだ」

なるほど、と頷いたものの、一方で私はおおいに首をかしげた。片や女性パティシエ、片や半グレ構成員——この二者に、一体どんな共通点があるのか、見当もつかなかったからだ。

それでも、博士の分析には賭けるだけの価値がある。私は言った。

「わかりました。とにかく、被害者二人のことを調べてみます」

阿良谷博士はまっすぐ私を見返したまま、

「それと、もう一つ気になった点がある」

と続けた。

え？　と私が声を出したときだ。

「――時間です。退出してください」

天井のスピーカーから担当医の声が聞こえてきた。

「待ってください、もう一分だけ！」

私はすぐにそう言ってから先を促すと、博士は慌てることなく言った。

「犯人は自身に繋がる証拠を残していない。が、その一方で、被害者の身元がわかるものはあっさり現場に残している。あまりに無頓着で、ちぐはぐだ」

たしかに杉崎琴音と加瀬俊也の身元がすぐに割れたのは、どちらも遺体遺棄現場に免許証が残されていたせいだ。

「おそらく、それはわざとだろう」

博士の言葉に、私は眉をひそめた。

「……わざと現場に手がかりを残して、自分を捕まえてみろ、と警察を挑発しているということですか？」

「いや」

博士は言下に却下した。

「犯人にそういった劇場型の嗜好があるのなら、現場にはもっとわかりやすいサインやメッセージを残すなり、メディアに手紙を送るなりして、自身の犯行を世間にアピールしたはずだ」

「それじゃ？」

私が急いで訊くと、阿良谷博士は半眼に鋭い光を湛えて告げた。

「警察が被害者の身元を突き止めることは、犯人にとって織り込み済みということだ。つまり犯人は警察を、何かしらの目的のために誘導しようとしている可能性がある」

……それが、私自身に向けた阿良谷博士からの注意喚起だったと気づいたのは、〝研究室〟をあとにしてからのことだった。

5.

翌、十一月二十一日。

世間は日曜日だけれど、南大田署の捜査本部は休日明けとなり、私たち捜査員は引き続き各々に割り振られた捜査活動に専従した。

先日予想した通り、組対四課を中心とした班の捜査状況が想定より思わしくないことから方針の一部見直しがされ、半グレ集団《愚連蜂》構成員以外の、加瀬俊也の関係者をたどる縁故捜査——いわゆる鑑取《かんど》りへ新たに捜査員を割り振る、と上層部は決定した。組対四課の持つ被疑者リストを補完するための捜査であることは明白だった。これに組対四課は憮然《ぶぜん》とした表情を浮かべ、一方の捜査一課は表情こそ変えなかったものの、内心では欣喜《きんき》した者がほとんどだっただろう。笛吹巡査長は実際にそれを顔に出し、仙波主任ににらまれていた。

午後の捜査会議が終わって解散となったのは、いつものように午後十一時前だった。

「また一段と冷えやがりましたね、今日は」

笛吹巡査長がそうぼやくと、立浪巡査部長が、ああ、と相槌を打った。

「いよいよ冬も本番というわけだ」

たしかに今日は昨日までとくらべてさらに気温が下がり、吐く息も白くなるほどだった。空にも雲が厚く垂れ込め、雪が降ってもおかしくなかったぐらいだ。

「クソ寒い中、足を棒にして聞き込みしてみりゃ、出てくるのはクソ野郎のクソみたいな話ばっかなんだから、勘弁してほしいっすよ、まったく」

この二週間で現場周辺の聞き込みをある程度終えた私たちは、本部の方針通り、今日から鑑取りに舵《かじ》を切った。けれどそこで取れた証言は、笛吹巡査長の言う通り、いい話とは無縁のものばかりだった。

加瀬俊也は、特殊詐欺や美人局《つつもたせ》といった詐欺行為を日常的に繰り返していたらしい。本人の素行もすこぶる悪く、妊娠させられた上、堕胎を強要された女性も、どうやら一人や二人では済まないようだった。

「ま、あんまでかい声じゃ言えないですけど——別に死んでもよかったんじゃないっすかね、こんなクズは」

笛吹巡査長は普段からは考えられないほど、体温の低い声音で言う。

その理由に、私は見当がついていた。

——笛吹の風当たりが特別キツいのは、勘弁してやれ。

昨日、立浪巡査部長にそう言われたことが気になり、私は仙波主任に何か事情を知らないか尋ねてみた。

すると主任は、他ならぬ私にも関係することだからか、他言無用で教えてくれた。

「あいつがまだ高校生だった頃、当時中学生だった妹が暴漢に襲われたらしい。後日、犯人は逮捕されたらしいが……被害者やその家族はそれだけで収まるもんでもない。妹はしばらく学校にも通えなかったそうだ」

その説明はいろいろと省かれていたけれど、もちろん私にも事情は理解できた。

笛吹巡査長が警察官を志したこととその事件が、無関係とは思えない。だからこそ彼は、捜査のためとはいえ犯罪者と通じた私が余計に許せなかったのだろう。

「それぐらいにしておけ、笛吹」

立浪巡査部長に窘《たしな》められ、笛吹巡査長はおもしろくなさそうにしつつも、

「わかってますよ」

と呟いた。

解散となり、私は班員たちに、お疲れさまでした、と声をかけてから廊下に出る。

すると、そこに仙波主任の姿があった。スマートフォンを耳に当てている。講堂に姿が見えないと思ったら電話をかけていたらしい。

「……ああ、これから帰る。いや、いい。勝手に食うから、先に寝てろ」

通話先はどうやら自宅のようだ。仙波主任から家族の話を聞いたことはなかった。笛吹巡査長は恐妻家などと嘯いていたけれど、電話で話す主任の声は、いつもよりほんの少しだけやわらかく思えた。

通話中だったので声をかけるのは遠慮し、私は会釈だけしてその横を通り過ぎた。

けれど、

「――待て、氷膳」

通話を終えた仙波主任が、スマートフォンをしまいながら私を呼び止めた。振り返っ

た私に、声を低くして言う。

「お前、最近、阿良谷静に会ったか」

表情には出なかったと思う。

ただ、どうしても反応が一瞬遅れてしまった。

「……捜査一課に配属されたあと、一度だけ接見に行きましたけど」

私がかつて捜査情報を漏洩したことはすでに広く知れ渡っていることだけれど、他にも一度、仙波主任には阿良谷博士への捜査協力の求めを黙認してもらったことがある。だから他の刑事に対してほど、その事実について構えるところはない――のだけれど、今はいささか事情が違う。だから、内心にかすかな動揺が生じてしまった。

おそらく仙波主任は、ここ二週間の内部監査に起因する私の異変を察しているのだろう。そしてそれが、阿良谷博士に関係するものだと考えているのだ。

目を細めた主任はややあってから、

「山っ気を出すのは構わねえが……あんまりのめり込みすぎるなよ」

と言った。

手柄を挙げることに人一倍こだわりを持ち、その強いモチベーションこそが結果として速やかな犯人逮捕と事件解決に繋がる。そのために、ときには服務規程違反だって見ない振りをする。それぐらいしたたかに立ち回ってこそ本物の刑事――仙波主任はそんな信念の持ち主であり、私もおおいにその薫陶を受けている。けれど、決してそれを言い訳にしてはならないこともわきまえているつもりだ。

「はい。一線を踏み越えないよう肝に銘じておきます」

そう返事をすると、主任はじっと私のことを睨めつけ、

「……間違えんな。まともかそうでないかの境に、一線なんてわかりやすいもんはねえんだ」

さらに声を低くして言った。

「……言うなりゃな、沼《かい》なんだよ。まだ足は水に浸《つ》かってないから大丈夫だ――そんなふうに思ってても、そのふちに立ってるだけで、いつの間にか足は泥の中にずぶずぶに沈み込んで、踏ん張りがきかなくなってるもんなんだ」

私は言葉を失った。

思いもしなかった強い口調に怯んだ、というのもある。けれど何より、こんな具体的な譬《たと》えがすぐに出てきたことから、きっとこれはたった今思いついた言葉ではなく、主任が日頃から胸の内に秘めていることなのだろうと思ったからだ。

……ふと気になった。ひょっとして主任も過去に、己をそんなふうに戒めなければならないような出来事があったのだろうか。

ただ、そんなことを今この場で質《ただ》せるはずもない。返事を迷っているうちに、

「それだけは憶えとけ。いいな」

仙波主任は目の前を通り過ぎてしまい、私はその背中を見送ることしかできなかった。

蒲田駅から終電間際の車輌に乗って私が向かった先は、やはり霞が関だ。オフィスビルのサロンには、すでに尚澄監察官の姿があった。

「お待たせしてすみません」

「いえ構いません。あなたのためなら、明日の朝までだって待ちますとも」

こんな浮いた台詞を違和感なく口にできるのは、本当にすごいことだと思う。

彼は流れるように私に席を勧め、ウェイターにコーヒーを注文する。そして、

「――頼まれていたものです」

足元の鞄から大判の封筒を取り出した。お礼とともに受け取った私は、そのタックを外す。中から取り出したのは杉並署の捜査本部が集めた捜査資料だ。

私は素直に驚き、言った。

「昨日の今日で、もう用意していただけるとは思っていませんでした」

彼は屈託なく微笑んだ。

「少しぐらいは頼《たよ》り甲斐《がい》のあるところを見せておきたいですから。ああ、その資料は持って帰ってもらって構いませんので」

「いいんですか？」

本来私の手にあるべきでないものがあるという事実は、彼にとって多少なりとも都合が悪いはずだ。

けれど私の心配をよそに、尚澄管察官は無言で頷いた。それが百パーセント、私に対する信頼に基づいた態度だと自惚《うぬぼ》れるつもりはない。ただ、今はとてもありがたかった。

加瀬俊也と杉崎琴音——二人の被害者の共通点を調べるにあたって何よりも必要なのが、杉並署の捜査本部にある資料だった。

捜査状況を問い合わせること自体は私にもできる。ただ、どうしてそんなことを、と先方から尋ねられることは間違いないだろう。方便を使おうにも、当然向こうにも捜査一課の捜査員がいる。問い合わせたのが私だとわかれば、あとでこちらにどんな捻じ込みがあるかわからない。捜査一課に来て日も浅く、周囲から白い目を向けられている私では、穏便に情報をもらうためのチャンネルもない。

そんな私に頼る伝手があるとすれば、それは仙波主任しかいない。ただ今は、正直そうすることも躊躇《ためら》われた。仙波班の班員に疑いの目を向けておきながら主任のコネを頼るのは、面従腹背のようで気が引けたからだ。阿良谷博士との接見のことを思わず隠してしまったのも、それが理由だった。

そうなると、私に残された手段は尚澄監察官を頼る以外になかった。キャリアの彼なら、縦と横の繋がりをたどれば充分可能だろうと思えたし――事実、この上なく迅速に私の求めに応じてくれた。

暖色のぼんやりとした間接照明の中で、可能な限り素早く資料に目を通していく。阿良谷博士のような速読はとてもできないし、捜査で頭も疲れている。それでも、一刻も早く中身を確認したかった。尚澄監察官はコーヒーのカップを傾けながら、そんな私にどこか見守るような眼差《まなざ》しを向けていた。

捜査資料を読んでわかったことは、《週刊モノス》の情報はかなり正確だったということだ。被害者の氏名、年齢、住所、職業から遺体発見時の状態、死因、さらには現場の状況に至るまで、すべての情報が一致している。おそらくモノスの編集部には相当の跳ねっ返り記者がいる、と阿良谷博士は言っていたけれど、私もその推測に全面的に同意したい。

ただ一つだけ、その跳ねっ返り記者も取りこぼしている事実が資料には記載されていた。

「……前歴？」

被害者の杉崎琴音には、三年前、警察に逮捕、送検された過去があったのだ。

その瞬間、まさか、という気持ちが浮かんだ。すぐにそれを確かめるべく、資料を片手にスマートフォンで検索してみる。けれど、どれだけ調べてみてもそれらしい情報は出てこない。

ただの思い過ごしだろうか。一度は訪れた閃《ひらめ》きが、私の中で光を失いかけたときだ。

「……あっ！」

もう一度、今度は稲妻のようなある考えに打たれ、私は大きな声を上げていた。すぐにサロンの静寂を打ち破ってしまったことに気づき、慌てて周囲に頭を下げる。

「すみません、お騒がせして……」

目の前の尚澄監察官にも謝った。

けれど彼は、

「いえ、構いません」

微笑みながらゆるく首を横に振り、

「考えに没頭するあなたは、とても魅力的でしたから」

私はどんな顔をすればいいのかわからなかった。

インタールード

三人目の受刑者には〝火炙り〟こそがふさわしいだろう。

かつて魔女裁判で異端とされた者に執行された中で、もっとも有名な極刑であることはもちろん、現代でも魔女を裁く私刑に行使する国が実在しているという、まさに魔女裁判の象徴とも言うべき刑罰だ。

とはいえ、僕が用いるのは極刑にではなく、あくまで拷問のためだ。である以上、受刑者を殺してしまっては意味がない。執行の際には、細心の注意を払わなくてはならない。

例えば火災時の死因で焼死と同程度に多いのが、煙を吸っての窒息死、あるいは一酸化炭素中毒死だという。

特に一酸化炭素中毒はあっという間に意識を失いそのまま死んでしまうので、より注意が必要だ。実際に火炙りに処された魔女たちも、多くが炎で焼かれる苦しみを味わい切る前に煙に巻かれて死んでしまった可能性が高い、という研究もある。事前にしっかりと乾燥させた薪《まき》を用意しておく必要があるだろう。

本来受刑者は磔《はりつけ》にすべきだが、一人ではいささか手に余る。椅子に座らせてきつくロープで縛り上げた状態で、ひとまずはよしとしよう。受刑者が暴れたときに転倒してしまわないよう、椅子を固定しておくことも忘れてはならない。燃えにくい靴や、ついでに靴下も脱がせておく。

受刑者の足元にぐるりと薪を敷き、そこに灯油をまいて火をつける。

種火は、すぐにめらめらとした炎となって受刑者を焼いていく。

蠟燭の小さな火でも、外炎の温度はゆうに千度に達する。それを超える熱に炙られた受刑者の足先や脛は、たちまち皮膚が水ぶくれを起こす。受刑者が悲鳴をこらえるのは著しく困難だ。

熱い、痛い。

助けて、許して。

そう懇願し、泣き叫んで暴れても、僕はやはり冷静であらねばならない。そして、受刑者の懺悔と後悔の言葉を、しかと聞き届けなくてはならない。

やがて炎はその勢いを増し、受刑者の衣服に燃え移る。赤い熱の舌が、受刑者の下半身をぬらぬらと舐めていく。

身体の半分を炎に包まれ、苦痛と絶望に顔を歪める受刑者を、正面から見つめる。

さあ、何秒耐えられるだろう。

もちろん、ぎりぎりのところでバケツの水をかけて消火はする。

それでも、その口から真の反省の言葉が聞けるまでは、決して手は動かさないつもりだ。

そう、これはいわば浄化の炎だ。

この炎をくぐり抜けたとき、受刑者の新たな人生が始まるのだから。

第三話「死臭」

1.

「――博士。加瀬俊也と杉崎琴音、被害者二人の共通点がわかったかもしれません」

足早に〝研究室〟を訪れた私が開口一番そう告げると、ベッドの上に座り込んでいた阿良谷博士は、片手で開いていた本をおもむろに閉じた。それから無言で先を促すようにこちらへ目を向ける。その眼差しは、獲物を前にした肉食動物のような光を湛えていた。

再び阿良谷博士との接見がかなったのは、十一月二十三日――尚澄監察官から杉並署の捜査本部の資料を手に入れた、その翌々日のことだ。

とにかく早急に阿良谷博士の意見が必要だった。そのため宝田には、強引ながら接見のアポを取ってもらった。

「今の精神科の部長は話のわかる方なので、おそらく大丈夫だろうと思いますが」

通話先の宝田は、薄く微笑むような気配を漂わせていた。

私も時間を作るために、午前中は体調不良で通院すると仙波主任に連絡を入れた。中学生が学校をサボるときの言い訳のようで情けなかったけれど……ともかく、そこまでして手に入れた貴重な接見時間だ。一秒たりとて無駄にはできない。

「加瀬俊也は七年前、都内一般道で乗用車を運転中に、隣の車線から自分を追い抜いていった車に腹を立てて、その車を追走。いわゆる煽《あお》り運転を行いました。十キロにもわたって徹底的に煽られ続けた前方の運転者は、やがてハンドル操作を誤って中央分離帯の縁石にぶつかり、車ごと横転して死亡しています。加瀬俊也は逮捕されたものの、容疑が殺人ではなく危険運転致死傷であり、殺意も立証できなかったため、刑は懲役三年にとどまっています」

加瀬俊也にいわゆる前科《マエ》があることは、最初の捜査会議で組対四課から報告されていた。私も捜査ノートにメモしておいたから、それを読んだ阿良谷博士も承知しているはずだ。

ただ、重要なのはここからだ。私は言った。

「それから杉崎琴音にも、過去、警察に逮捕された前歴がありました。五年前、マッチングアプリを通じて知り合い交際していた男性から、百万円の現金を受け取っています。男性は結婚するつもりだったので渡したようですけど、その後、杉崎琴音のほうから別れを切り出されたそうです。男性からの被害届を受理した所轄署が捜査したところ、杉崎琴音は他の男性たちからも結婚をほのめかした上で現金を受け取っていることが発覚しました。その現金は、自分のパティスリーの開業資金に充てていたようです」

まさに絵に描いたような結婚詐欺の手口だ。

「——なるほどな」

それらの説明だけですべてを察したらしい阿良谷博士は、座り込んだまま片膝を立てて言った。

「杉崎琴音は逮捕された。が、結局立件はされなかった」

「はい」

結婚詐欺は、立件が難しいことで有名だ。

例えば、本来の目的とは違う使い道で現金を騙《だま》し取《と》ったとすれば、これは疑いようもなく詐欺罪が成立する。ただ杉崎琴音は男性との交際中、「将来、自分のお店を開きたいけど資金がない」という旨を口にしただけで、直接的に現金を要求するようなことは言っておらず、またその証拠もないという。

そうなると、どれだけ感触がクロであっても、最初から現金を騙し取るつもりがあったことを立証するのはきわめて困難だ。警察の勇み足だったのか、検察との連携不足だったのかはわからないけれど、結局、杉崎琴音は逮捕されたものの、立件は見送られたらしい。

「送検後、杉崎琴音は証拠不十分で不起訴処分となっています」

つまり前科は付かず、前歴だけが残る形になった。

だから杉並署の捜査本部では、杉崎琴音の殺害は、かつて彼女に現金を騙し取られた男性たちによる怨恨絡みの犯行と見て、彼らを重点的に洗っているらしい。けれど、未《いま》だに有力な被疑者は浮上していないという。

……おそらく今後も、その線では有力な被疑者は浮かんでこないだろう。真犯人は、警察の捜査網の外にいるのだ。

私は言った。

「前科と前歴という違いこそありますけど、二人とも警察の捜査線に上がったことがあるという共通点があります。さらに言えば、二人とも犯行の態様に対して、不当に軽い罪にしか問われていないように思えます」

私の言葉を吟味するような間のあと、

「――だが、そうだとすれば一つだけ問題がある」

阿良谷博士は言った。

「犯人は、一体どうやって杉崎琴音の前歴に関する情報を得たんだ？」

警察やメディアが事件に関する情報を扱うとき、何をどこまで公表するかの基準は、実は非常に曖昧だ。それらしいものはあるようでいて、結局は状況と世間の反応を鑑みながら臨機応変に、と言うほかなく——要するに、すべては当局の匙加減《さじかげん》次第ということになる。たとえ同じような事件であっても、逮捕された時点で被疑者の実名が公表されることもあればされないこともあるのは、そのせいだ。

今回《週刊モノス》には、杉崎琴音の氏名や職業は掲載されていても、過去の前歴については言及されていなかった。記事掲載前に、例の跳ねっ返り記者も杉崎琴音のことは念入りに調べたはずだ。それでも取りこぼしたということは、詐欺容疑での逮捕時には杉崎琴音の氏名は伏せられたのだろう。実際、私も杉崎琴音の名前で検索をかけてみたけれど、彼女の前歴に関する情報は一つもヒットしなかった。つまり杉崎琴音の前歴に関しては、事件の当事者を除けば、警察や検察の人間しか知り得ないことになる。

では、犯人は一体どうやってこの情報を得たのか？

そこまで考えたときだ。私はまさに目の前に、その答えが用意されていることに気づいた。

尚澄監察官は以前こう言った。殺人事件の捜査と並行して内部監査に協力する私に対し、

——時期に恵まれませんでしたね。まさか偶然、時同じくして捜査本部が立ち上がるなんて。

違う。

偶然じゃなかったのだ。

「……博士。実は今、私は人事一課監察係に協力して、捜査一課からの情報持ち出しについても調べているんです」

その唐突な報告に、阿良谷博士の眉が盛大に寄る。けれど私が、警視庁のデータベースから過去の事件の情報が持ち出されていること、サーバーに不正にアクセスしたのは私も所属する四係の刑事の誰かである可能性が高いことを告げると、徐々に博士の目は細められていった。

「その中には、杉崎琴音の前歴に関する情報も含まれていました」

データベースには過去の事件の概要はもちろん、被疑者の氏名や年齢、住所や顔写真までが登録されている。不起訴処分になったとはいえ、逮捕、送検された以上、杉崎琴音の前歴も同様だ。

そして取り急ぎ、尚澄監察官に持ち出された情報を参照してもらったところ、思った通り杉崎琴音の過去の事件も含まれていることが確認できた。

「さすが氷膳さん。やっぱり持ってますね」

とは尚澄監察官の談だ。

もし犯人が、前科や前歴などを持ち、かつ、犯行の態様と量刑が見合っていない——

そんな人物を標的にしているのだとすれば、その該当者を探し出すために、警察の人間に接触した可能性はあるだろう。

もちろんこの推理には飛躍がある。はたして犯人と、その警察官の繋がりは何なのか。請われたからといって警察官が第三者に捜査情報を漏洩するのか——まだそれらの疑問に説明がついていない。

ただ一方で、一般の人間には知り得ない情報がもれていて、その情報を知る人間にしか成し得ない殺人が起こっている。これをただの偶然と片づけてしまうことは、私にはできなかった。

そして、それは阿良谷博士も同様のはずだ。犯人がどうやって杉崎琴音の前歴を知ることができたのかを気にしたのもそのためだろう。でなければ、最初から私の意見そのものを却下したはずだ。

腕時計に目を落とすと、残り時間はまだたっぷり十分弱ある。

「博士。もう一度、犯人のプロファイルを聞かせてください」

前回の分析ではデータが足りなかったせいで、詳細なパーソナリティやステータスまでは導き出せなかった。ただ新たなデータを提示した今なら、きっとそれも可能になるはず——私はそう信じていた。

けれど。

阿良谷博士は突然私の声が聞こえなくなってしまったかのように、じっと押し黙ってしまった。「博士？」と呼びかけてみても、その視線は見るともなく向けられた床に縫い留められてしまっている。

「………」

充分にあると思っていたはずの時間が少しずつ、けれど確実に減っていき、私は焦燥に駆られた。もしこの機会を逃せば、次はいつ接見に来られるかわからないのだ。気づいてもらえるまで声をかけるべきだろうか。阿良谷博士の思索を邪魔することは、私も本意ではないけれど――。

そのとき、目まぐるしい状況にかまけて頭の片隅に追いやっていた懸念が、再び頭をもたげた。

以前感じた阿良谷博士の異変……あれは何だったのだろう。

やはり博士に、傍目には変わったところはない。ただそれについて訊いたとき、宝田は意味深なことを言っていた。私の直感も、これまでの博士と何かが違うと告げている。

それでも私は何も言えないまま、時間は砂のように流れ落ちていく。

やがて残り時間が半分になったときだ。海から浮上したかのように、阿良谷博士は大きく息を吸い、吐いた。ややあってから顔を上げると、私に険しい半眼を向けてくる。

私は内心で首を振った。

たしかに博士の異変も気にはなる。けれど、今は犯人に迫る手がかりが得られるかどうかの瀬戸際だ。集中しなければ。

一言一句聞き逃すまいと身構える私に、阿良谷博士は言った。

「今回の犯人は、年齢は変わらず二十代から六十代。性別も依然不明。社交的だが独善的。そして、あまりそれを表立って出さないパーソナリティを持っている。普段は物静かで寡黙。ただ、一度興味のあることをしゃべり出すと止まらなくなるタイプだ。育ちがよく学歴もある。経営者ではないが、それなりの企業か、あるいは大学などのアカデミックな職に就いている可能性が高い」

相変わらず、まるで犯人と旧知の間柄かのように、そのプロファイルが語られる。最初こそ信じられなかったものの、今の私は阿良谷博士の分析力に全幅の信頼を置いている。

それでも、一つ一つきっちり検分させてもらう。

「それらの分析の根拠は何ですか？」

「犯人は、魔女裁判の拷問に見立てたやり方で標的を殺害している。ただ、それでいてそれらを楽しんだ形跡はまったくない。以上から、犯人が一種の使命成就による自己陶酔型の快楽殺人者だというのは以前述べた通りだ。さらに前科や前歴を持ち、かつ、犯行の態様と量刑が見合っていない――そんな人物を標的に選んでいることから、一連の犯行を〝処刑〟と捉えていると考えられる」

たしかに、不当に低く見積もられた罪状に対し、正しく刑を与えようとしている——犯人がそんな意識を持っているのだとすれば、杉崎琴音と加瀬俊也が標的として選ばれたことには納得がいく。

「犯行を魔女裁判の拷問に見立てたのもその一環だろう。それらの歴史的文脈をなぞることで、自分のこだわりや美意識に正当性を担保しようとしたんだ。過去に前例があるというだけで、人間は簡単に正しさを感じるようになる。が、実際には、ただそれに対する心理的ハードルが下がっているだけでしかない。犯罪のほとんどが、過去の犯罪の模倣でしかないのと同じ理屈だ」

「ああ……」

私がすぐに頷けたのは、以前、博士から同じような話を聞いたことがあったからだ。

——模倣犯とは、すなわち想像力なき者の犯罪だ、と。

「そういった妄想的なこだわりや美意識を秘めた人間は、得てして社交的だが独善的だ。ただ知能が高い場合、そういった部分は巧妙に隠していることが多い。しかし自身の興味や嗜好をつつかれれば、途端に黙っていられなくなる」

なるほど、と思い、私は我ながら余計な一言を口にしてしまった。

「博士と同じ、ということですね」

たちまちにらまれ、首を縮める。話題を逸らすべく、すぐに訊いた。

「育ちがよくて学歴もあるというのは、魔女裁判に関する知識があるからですか？」

「……それも分析材料の一つだ」

阿良谷博士は頬杖を突いた。

「ですけど、それぐらいのことは図書館やネットで資料を当たれば、誰でもすぐにわかるんじゃ？」

「この手のこだわりや美意識を根底にした犯行は、犯人に精神的な余裕がなければ生まれない。その余裕の源は自己肯定感であり、それにはある程度の生活水準を満たす財産と、何より時間が絶対に必要だ。そして前科者や前歴者を標的に選ぶという点から、ある程度の社会性も持っていると考えられる。これらの条件から導き出されるステータスは企業人、大学職員などだ」

くどいようだけれど、刑事は疑うことが仕事だ。一応訊いておいた。

「前科や前歴のある人間を狙うということは、快楽殺人者の仕業じゃなく、彼らの被害者の手による復讐《ふくしゅう》殺人かもしれないんじゃ？」

「あり得ない」

博士は言下に言った。

「そういったケースでは、犯人は殺害方法にはまずこだわらない。まして、魔女裁判の見立てを用いるようなやり方は絶対にしない」

たしかに恨みを晴らそうという人間が、拷問するだけならまだしも、魔女裁判の見立てを再現するためにロープの結び方にこだわってみたり、なんて明らかにおかしい。

私が内心で頷いたときだった。

「――このプロファイルに合致した上で、気になるパーソナリティを持つ人物に、心当たりがある」

「え」

一瞬何を言われたのかわからなかった。

すぐにその言葉の意味に気づき、私は目を見開いた。

「本当ですか？」

ああ、と博士は事もなげに言う。

「ただ、別に当人とやりとりがあったわけじゃない。だから思い出すのに少し時間がかかった」

阿良谷博士ほど見栄《みえ》や強がりと無縁な人を私は知らない。博士が心当たりがあると言うのなら、それは間違いなく本当なのだ。

あっという間に残り時間は三分を切っていた。私は急いで先を促す。

「誰なんですか？」

「天塚良蔵《あまつかりょうぞう》。元國府《こくふ》大の法学部教授で、量刑論に関する研究を行っていた」

國府大学は関西にある私大の名門だ。

「天塚は十年ほど前、ある論文を発表して、学会や一部のメディアを騒がせたことがある」

「論文というと、一体どんな？」

「現代司法の刑罰に、拷問を取り入れるべきだという主旨のものだ」

私は目をしばたたかせた。

「あの……どうして拷問を？」

「例えば日本の場合、無期懲役と死刑の間には大きなギャップがある。そこに拷問を取り入れれば刑罰のバリエーションが広がり、そのギャップを埋めることができる。要約すれば、そんな主張だ」

それは何というか……実にアヴァンギャルドな主張だ。

二の句が継げないでいる私に、阿良谷博士は続けた。

「イロモノ的には話題になったが誰からもまともには相手にされず、むしろ人権上著しく危険な思想として激しいバッシングにさらされた。ただ、そうなることは本人もわかっていたはずだ。それを承知で発表した以上、天塚には相当な覚悟があったということだろう」

たしかに、思想の是非はともかく本気であることは伝わってくる。

と、そのときだった。

「――――」

ふと、ある考えが私の脳裏をかすめた。これまでに見聞きしてきたあらゆるものが、たった今聞いた話と繋がった気がして、思わず息を呑む。

けれど私は、すぐにそれを打ち消すように内心で首を横に振った。……まだ証拠も何もない、ただの印象だ。そもそもその天塚良蔵が、一連の犯行に関係していると決まったわけでもない。

それでも、話を聞いておきたい人物であることは確かだ。私は訊いた。

「天塚良蔵は今も大学に？」

「それは知らない」

ただ、と阿良谷博士は両の目を細める。

「その後、天塚良蔵に関する続報は一切聞こえてこなかった。年齢的にはまだ大学に在職していておかしくないはずだが、論文発表を契機に居場所と求心力を失ったことは想像に難くない。……たしか出身は東京だったはずだ。もし自ら教授職を退いているのなら、都内に戻ってきている可能性はある」

その示唆に、私は口元を引き結んだ。

2.

《東京警察医療センター》をあとにした私は、スマートフォンを取り出した。ブラウザの検索バーに『天塚良蔵』と打ち込む。

まずトップに出てきたのは天塚良蔵本人の画像だった。どうやら学会の発表で登壇した際の写真らしい。すでに十年近く前のものだ。

毛髪は黒々として豊かだ。四角い輪郭の顔つきは穏やかだけれど、私の勘違いや先入観でなければ、その目には確固たる信念と、無理解な周囲への怒りと憤りらしきものが感じられた。

……私はこの目の光を知っている。これまでに何度も強化ガラス越しに目の当たりにしてきたものだ。

——博士と同じ、ということですね。

その印象は、我ながら当たらずとも遠からずだったのかもしれない。

ブラウザをスクロールする。プロフィールを参照すると、現在の年齢は五十五歳になる。並んだ記事の大半は、阿良谷博士が言及していた論文にまつわるものだった。その論文の過激な内容を一部のメディアが取り上げたり、それに対して渦巻いた様々な反応がまとめられたりしている。

そんな中にまじって、一つ気になる記事を見つけた。

「……勉強会？」

ＳＮＳに投稿されたもので、日付は今年の六月とそれなりに新しい。タイトルは『天塚先生の量刑に関する勉強会に参加しました』とある。タップして確認してみると、画像とともに紹介されていたのは、間違いなく天塚良蔵本人だった。

どうやら天塚良蔵本人が主催した勉強会を紹介する記事らしい。参加したのは法学部の学生や被害者遺族、全員で二十人ぐらいのようだ。それなりの長文で、天塚良蔵の量刑論の先進性を称賛し、その場に集まった参加者たちの熱心さを褒《ほ》め讃《たた》える内容となっている。会場は《世田谷総合福祉センター》とあった。とすると、天塚良蔵は現在、やはり都内にいる可能性が高い。

センターの住所を検索してみると、小田《おだ》急線《きゅうせん》の千歳船橋駅《ちとせふなばしえき》のそばだった。

現在時刻は午前九時三十分。午後には南大田署の捜査本部に顔を出さなくてはならないから、ぐずぐずしてはいられない。

私はタクシーを拾うため、冷たい風が吹く中を早足で早稲田通りへ向かった。

《世田谷総合福祉センター》は、会議室や多目的ホールなどを備えた地域福祉のための総合施設だった。いくつかの講座やワークショップが常設で開催されているほか、予約の上、料金を支払えば、誰でも催事などで利用できる仕組みになっているらしい。

受付で警察手帳を提示し、事情を説明したところ、慌てた様子の係員に事務室へと案内された。そこで再度、事情を説明する。

ただ、生憎《あいにく》と私には捜査令状がない。この調子でたらい回しにされて、センターを運営する管理会社にまで話を持っていかれると面倒だ——そう心配していたけれど、幸いすぐにサーバーに保存された、過去の会議室の利用履歴を参照させてもらえた。去年の十月まで遡ると、やはり天塚良蔵の名前があった。

すぐに利用者の登録情報も見せてもらう。思った通り、天塚良蔵の住所と電話番号も記載されていた。住所は同じ世田谷区の大蔵《おおくら》とある。検索すると、ここから環八通《かんぱちどお》りを南に下った辺りだ。車なら十分もかからない。

手短にお礼を言って、私はセンターをあとにした。通りでタクシーを拾い、環八通りを南下するよう運転手に頼む。同時にスマートフォンで通話アプリを立ち上げたものの、少し考えてから、やっぱり訪問を告げる電話はしないことにした。

……今の段階で確かなことは言えない。それでも天塚良蔵は、今回の連続殺人事件の犯人かもしれないのだ。迂闊《うかつ》に情報は与えないほうがいい。

環八通りでタクシーを降り、地図アプリを頼りに歩く。カーディーラーやガソリンスタンドの店舗が並ぶ交通量の多い幹線道路から一本奥に入ると、途端に周囲は閑静な住宅街へと景色を変えた。

天塚良蔵の自宅は、そんな住宅街の一角にあった。やや古いものの、黒いスレート葺《ぶ》きの屋根に白い壁が映える、想像していたよりもずっと立派な洋風の邸宅だ。大学教授と一口に言ってもピンキリだろうけれど、それでもただその職に就いているだけで、これだけの邸宅に住めるとは思えない。副業か、投資か。でなければ遺産だろうか。

小さく息をついてから、インターフォンのボタンを押す。

けれど、しばらく待ってみても反応がない。もう一度押してみたけれど、やはり結果は同じだった。

左右に人通りがないことを確認すると、そっと身をかがめるようにして、門にかかった柵の隙間から敷地内を覗いてみる。

すぐ目の前に玄関があり、その横手にはルーフ付きのカーポートがあった。そこに一台の白いセダンが停まっている。――そのシートは、私でも運転しやすそうな仕様に調整されていた。

駅からはそれなりに距離がある。車が停まっているということは、天塚良蔵は在宅している公算が大きい。

そう考えた私は、ふと眉をひそめた。

そのセダンのバンパーの端に、何かにぶつけたような傷が付いていたからだ。表面の汚れ方からして、そう古いものではない。

「………………」

一枚の割れた窓を放置していると、さらに割られる窓が増え、その一帯がどんどん荒廃していくという理論がある。いろいろな説があるらしいけれど、個人的な肌感覚では、これは正しいと感じる。

私が目の前の車の傷に妙な気配を感じ取ったのも、あるいはそれと同じ理屈なのかもしれない。根拠として薄いことは承知していたけれど、いかんせん私にとって天塚良蔵はきわめて重要な参考人だ。このまま回れ右をして見過ごす、という選択はあり得なかった。

どこか家宅内の様子がうかがえるところがないか探すべく、塀に囲まれた敷地の横を抜け、裏手に回ってみる。

するとそこは小さな土手になり、コンクリートで築かれた細い水路が流れていた。その向こうは柵が築かれ、左右に遊歩道が通っている。並木が植わっていて、見通しはあまりよくない。街灯もなく、夜になれば人通りも絶えるだろうことがうかがえた。

辺りを観察しながら、敷地を一周する形で再び玄関のほうへと戻っていく――その途中のことだった。

ふと気になるものを見つけ、私は歩みを止めた。

塀が途切れ、敷地内に通じる扉が設けられている。その塀の低い位置に、かすれた黒い汚れが付着している。

その場にしゃがみ込み、指で軽く触れてみると、すぐにその正体に察しがついた。

血痕だ。

危機感にこめかみを引き絞られながら、注意深く地面のほうに目を移す。するとその周辺はかすかに土がめくれ、雑草が根ごと抜けていた。

おそらく、何か重量のあるものを引きずった跡だ。

「――――」

私はこの場で過去に起こったであろう出来事を、一瞬のうちに幻視した。

……これはきっと、身動きのできない加瀬俊也を引きずった跡だろう。そのときに被害者の血液がここに擦《なす》り付《つ》けられたのだ。そして、それが行われたのは人目につかない夜だった。だから犯人は、この血痕に気づくことができなかったのだ。

では、加瀬俊也は一体どこに引きずられていったのか？

簡単だ。さっき見た通り、敷地の横を抜けた先には水路しかない。そして加瀬俊也は、四肢を車で何度も轢き潰された挙句、溺死させられていた……。

正直、まさか、と思っていた。

以前、私は阿良谷博士の分析に従って、柏木怜雄《かしわぎれお》というメンタルクリニックの医師に話を聞きに行ったことがある。そのときは用件こそ別だったものの、結果的には彼本人が私たちの追っていた事件の犯人であり、不意を突いて襲撃された挙句、大立ち回りを演じることになってしまった。

そんな経験があったにもかかわらず、私はまだ心のどこかで、そう何度も都合よくはいかないだろうと考えていた。重要な参考人には違いないものの、まさか、と。

けれど。

私は息を吸って吐いた。改めて阿良谷博士の分析力に舌を巻きながら、にわかに高まりつつあった鼓動をいつものように三秒で平静に戻す。どうするべきかを思案し、結論はすぐに出た。

阿良谷博士の分析を基にここまで来た以上、捜査本部に報告を上げて、正規の手順で捜査をすることはできない。具体的な証拠をつかんであとから辻褄《つじつま》を合わせる工作をするか、別件で犯人を逮捕して殺人についてもあわせて自白させるか——それぐらいしか私に取れる手はない。

……いや、捜査一課に配属された今なら、仙波主任に連絡して直接助けを請うこともできるかもしれない。はたして班員が同調してくれるかはわからないけれど、仙波主任の主義に照らし合わせれば、これぐらいの無茶は許容範囲のはずだ。速やかな犯人検挙のためにも、きっと班で調べを進めていた体にしてくれる……と思う。

　ただ、今の私は極秘に、仙波班の監査に協力している立場でもある。それに関するある懸念が、主任への連絡を躊躇わせていた。

　塀を見上げる。

　せいぜい私の頭より少し高い程度だ。これなら簡単に乗り越えられる。もちろんそんなことをすれば完全に不法侵入だけれど、今の私にはやはり他に手がない。もし本当に留守なら、その隙に何か動かぬ証拠をつかむ。居留守であれば……なんとか見つからないように注意するしかない。

　もう一度息をついて、覚悟を決めた。

　鞄から白手袋を取り出し、両手にはめる。

　荷物はその場に残し、コンクリート塀に両手をかけて身体を持ち上げると、その上から敷地内を覗き込む。

　目の前は庭になっていた。キャッチボールができそうなぐらいには広い。ただ敷かれた芝生は手入れが行き届いていないのか、ほとんどが茶色く萎《しお》れ、一部荒々しくめくれ上がっていた。

　人の気配がないことを確かめてから、私は一気に塀をよじ登り、乗り越えた。膝のクッションを使って敷地内に着地すると、素早く三歩で家屋の陰に身を隠す。どこか屋内に入れるところを探さなければ。壁に手を突いて足音を忍ばせながら、ゆっくりと家屋の周囲を回っていく。

　すると、鍵のかかっていない勝手口とおぼしきドアを見つけた。あまりの都合のよさに一瞬罠ではないかと疑ってしまったけれど、ここでぐずぐずしているわけにもいかない。

　ノブを握り、そっとドアを引く。

　そこはパントリーだった。土間の靴脱ぎの先はフローリングで、両側に食品や什器《じゅうき》を保管しておくための棚がある。かすかに違和感を覚えたのは、そこがほとんど空の状態になっており、あまり生活感がないことだった。

　……今更ながら思う。天塚良蔵は普段、どんな生活を送っているのだろう。家族はいるのだろうか。結婚は？　子供は？

　喉に小骨が引っかかったような感触を覚えつつも、私は土間で靴を脱いでパントリーに上がった。さすがに土足のまま踏み込めば足音が響いてしまう。

　家宅内は、しん、と静まり返っている。おまけに薄暗かった。少なくとも、相手をするのが面倒で居留守を使われていた、というわけではなさそうだ。それなら何かしらの生活音が聞こえてきたり、暖房や照明がついていたりしてもよさそうなものだ。

　それでも、どこに誰が潜んでいるかはわからない。

塀を越えるときや勝手口のドアを開けるとき、監視カメラや防犯システムの類にはもちろん気をつけたつもりだ。けれど、絶対にそれらに引っかかっていないとは言い切れない。あるいはすでに私の侵入は家主に気づかれていて、どこかに潜んで待ち伏せされているかもしれないのだ。カーポートに車があったことも考慮すれば、その可能性はそれなりに高い。

三メートルほどのパントリーをゆっくりと進み、左手の出入り口から向こうをうかがう。手前にキッチンがあり、その奥にはリビングがあった。

人の気配が感じられないことを確かめてから、そっとそちらへ足を踏み入れた私は、危うく声を上げそうになった。

二十畳ほどの広々としたリビングには、家具の類がほとんど見当たらなかった。いや、正しくはテレビやソファ、ダイニングテーブルやローテーブルといったものは、これから引っ越しでもするかのように、すべて隅に追いやられていた。

そうしてできたスペースの中央に、まるで現代アートの展示物のように、ぽつんと木製の椅子が一脚だけ置かれていた。向いた方向はテラスのほうだ。本来なら、そこに座れば先ほどの広い庭が一望できただろう。けれど今は目の前の掃き出し窓に分厚い遮光カーテンがかかっているため、その切れ目から差し込んだ光線が、うっすらと舞った埃を浮かび上がらせているだけだった。

そして。

頑丈そうなその椅子は、四つの脚すべてがL型のステンレス金具とビスで床に固定されていた。足元には、小さな渇いた黒い点がいくつかこびり付いている。そのそばにしゃがみ込んでみる。

間違いなく、こちらも血痕だ。ぽたぽたと、ピペットで吸って垂らしたような量でしかないのが、逆に凄惨だった。

「――――」

私は再び、ここで過去に起こったであろう出来事を幻視する。

……椅子が床に固定されているのは、おそらくロープで拘束した杉崎琴音が暴れても倒れないようにするためだろう。杉崎琴音は、ここで両目に釘を打ち込まれ、さらにその釘の上で蠟燭を燃やされ、耐えがたい地獄の苦しみを味わわされながら殺害されたのだ……。

もはや証拠は歴然だった。

天塚良蔵は、杉崎琴音と加瀬俊也の二人を殺害した犯人で間違いない。

この家は、かつての猟奇殺人者が何人もの被害者を拷問の末に殺害したのと同じ、〝恐怖の館〟そのものだ。

ただその一方で、私は先ほどから覚えていた違和感が、無視できないほどに大きくなっていることも自覚していた。

加瀬俊也が殺害されたのは一ヶ月前、杉崎琴音に至っては二ヶ月以上も前のことだ。どうして天塚良蔵は、これらの証拠を隠滅しなかったのだろうか。何より、こんな生々しい現場を放置したままこの家で日々の生活を送っていたのだとすれば、快楽殺人に手を染めていること以上に、私には理解できなかった。

……いや。

それよりも今考えるべきは、どうやってこの情報を杉並署と南大田署のそれぞれの捜査本部に伝えるかだ。

事は一刻を争う。これだけ具体的な証拠がある以上、やはり仙波主任に連絡して助けを請うべきだろうか。先述の懸念はあるけれど、背に腹は代えられない——

「……？」

素早く考えを巡らせていた私は、ふと妙なものを感じて顔を上げた。

臭いだ。

周囲を見回しながら、その発生源をたどる。

リビングの惨状から生じたものではない。そう……これはもっと動物的な腐敗臭だ。

一体どこから？

リビングにはキッチンとは別に、廊下に向かうためとおぼしきドアがあった。かすかに開いたそれのノブを、慎重に引く。

うっすら臭いが強くなり、問答無用に危機感が込み上げてくる。おそらくこの先に、何かよくないものがある。いやが応でもそう悟った。

外光の差さない廊下はさらに暗い。けれど、まさか照明をつけるわけにもいかない。壁に手を突き、暗がりを掻き分けるように、私は廊下を進む。鼻に意識を集中させ、臭いの元をたどる。

すると、すぐに階段へとたどり着いた。どうやらそれは、二階からもれてきているらしい。

まっすぐ延びた階段に足を乗せる。よりひやりとした空気を肌に感じながら、かすかな軋《きし》みとともに私は二階へと上がっていく。

二階にも廊下が延び、左右にいくつかドアがあった。臭いの元は、一番奥の部屋だとわかった。その前に立つと、いよいよ臭気が濃くなったからだ。

可能な限り呼吸を静めながら、ノブを捻《ひね》る。鍵はかかっていなかった。ドアを引く。途端、胃が勝手に蠕動しそうな強烈な臭いがあふれ出てきて、私は小さくうめいた。たまらず鼻と口を手で覆う。

寝室だった。八畳ほどのカーペットが敷かれた室内の壁際にはクローゼットがある。反対側には窓があり、カーテンを開ければさっきの庭が望めるだろう。その窓のそばに、ベッドが設えられている。シーツがかかり、こんもりとした縦二メートルほどの膨らみが、その下にあるものの存在を主張していた。

誰かが、寝ている。この激しい臭いも、そこからだ。

他に誰も潜んでいないか注意しながらゆっくりとその枕元に近づいた私は、途端に冷たい手を背中に突っ込まれたかのような感覚を味わった。

ベッドに仰向けに横たわっていたその人物は、明らかに息をしていなかった。

死後、かなりの時間が経過していることは一目瞭然だった。その顔面は死斑が現れるどころか、すっかり腐敗が進行して黒く変色し、その腐汁がシーツを染めていたからだ。それでも遺体がぎりぎり原形をとどめていたのは、気温が低く、空気も乾いていたおかげだろう。もしこれが夏だったなら、遺体からは大量の蛆《うじ》が湧いていたはずだ。その白い虫が室内の床を埋め尽くし、踏み込めば足の裏で、ぷちゃっ、と潰れる感触を味わっただろう。さらにはそれらが孵《かえ》った蠅《はえ》が辺りを飛び回り、口どころか目も開けていられなかったかもしれない。

「…………」

刑事になってからおよそ二年半の間に、私はいくつかの遺体を見てきた。それらは腹を切り開かれて臓器を取り出されていたり、首から上の皮膚が剝がされていたりという、普通の人ならとても直視できないような凄惨なものばかりだった。改めて自らの星回りに閉口せざるを得ないけれど、ただそれでも、ここまで長期にわたって放置されたであろう遺体を目の当たりにしたことはなかった。私は今目の前にある遺体こそが、これまでもっとも物悲しいものに感じられた。

顔の皮膚や筋肉は腐り落ち、頭骨や頬骨が覗いている。眼球も眼窩に陥没していた。おかげで表情はうかがい知れない。それでも、たしかにネットの記事で見た人物の面影がある。

天塚良蔵だった。

まるで想像していなかった展開と、なぜ、という疑問に打たれ、私はしばらくその場から動けなかった。

あとから鑑識が入ることを考えると、絶対に現場を荒らすわけにはいかない。だから遺体に手を触れて調べることもできない。本来、こうして立ち入ってしまったことすらまずいぐらいなのだ。ただぱっと見た限り、誰かと争ったような形跡は、この部屋には認められなかった。

……天塚良蔵には、何か持病でもあったのだろうか。その持病が原因で、床に入ったまま眠るように死んでしまった――そんなふうに受け取れる状況だけれど。

何か少しでも状況を判断できる材料はないかと、私は改めて周囲を見回した。すると、ドアのそばにデスクがあり、その上に大きめのノートパソコンが置かれていた。電源ケーブルはコンセントに差し込まれている。

私は躊躇いつつもパソコンのパワーボタンを押した。持ち運ばずに使っていたのか、パスワードや生体認証によるロックはかかっておらず、そのままデスクトップの画面が立ち上がる。接続されていた有線マウスを操作してドライブ内のフォルダをあさると、文書ファイルがいくつも保存されていた。ほとんどが論文の原稿やその草稿だったけれど、それらにまじって一つ気になるものがあった。


拷問は至高の刑罰だ。

その源流は、実に紀元前にまで遡る。長い時間をかけて人体を知り尽くし、考え抜かれ、洗練されていったそれは、人に究極の苦痛と後悔を味わわせることができる。咎人は血と涙を流して絶叫しながら、己の犯した罪の重さを文字通り身をもって知るのだ。それがどうして現代では廃れてしまったのか――そのことを、僕は心から残念に思う。

例えば現代司法の問題の一つとされているのが、終身刑と極刑の間には大きな隔たりがあるということだ。日本国内での無期懲役は、厳密な意味での終身刑ではない。受刑者はやがて刑務所から出てきて、再び社会で生きることを許される。だが、その上の極刑には取り返しのつかない死しか用意されていない。この二者の隔たりを埋めることはできないのだろうか？

もちろんできる。

その答えこそが、拷問なのだ。

古来人類が研鑽を積んできた、人に苦痛と恐怖を与える術を刑罰に取り入れ、そのバリエーションを広げる。そうすれば、より緻密で精確な量刑が可能となるだろう。罪には、それに見合った正しい罰を与えなくてはならない。閉じ込めておくか殺すか。そんな二者択一はおかしいのだ。

もちろんこの考えが異質であり、今の社会に受け入れられないことは自覚している。しかし異質であるか否かとは、要するに数の多寡だ。この考えが決して無視できない一定数の賛同を集めたとき、異質は異質でなくなるだろう。

そのためにも僕はますます精進しなくてはならない。どんな罪にどれだけの罰が適切か、研究しなくては。その〝会場〟の準備もすでに済ませてある。


それは論文ではなく、手記かメモのようなものだった。

けれど、そこに記された凄惨な内容は、杉崎琴音と加瀬俊也を殺害したことの裏付けとしては充分なものだった。

「………………」

すっかり変わり果てた姿になった天塚良蔵のほうを振り返る。

小さく目を細めたのは、悪臭が目に染みたからではなかった。連続猟奇殺人者を逮捕できず、死の淵《ふち》に逃げ込ませてしまったことに忸怩たるものを感じたからだ。

ただその一方で、私は自分の置かれた状況が、より容易ならざるものになってしまったことにも気づいていた。

目下の私の問題はやはり、どうやってこれらの情報を杉並署と南大田署の捜査本部に伝えるかだ。つい先ほどまでは、懸念はあれど、やはり仙波主任に連絡して助けを請うしかないと考えていた。けれど、こうして思いがけず天塚良蔵の遺体を見つけてしまった以上、その手すらも取れなくなってしまった。

なぜなら、天塚良蔵が一体いつ死んだのかわからないからだ。

例えば、「現場の周辺で天塚良蔵が目撃されていた」という偽の証言をでっち上げ、それを基に仙波班で独自に天塚良蔵のことをマークしていた、という筋書きを用意したとする。ただ被疑者の行動確認《こうかく》記録を捜査本部に提出したあとで、万が一、天塚良蔵がそれ以前に死亡していたことが判明すれば、報告の内容に致命的な矛盾が生じてしまう。

そんな危険なリスクを、仙波主任をはじめとした班員たちに負わせてしまうことは、さすがにできない。

手っ取り早く、どこか近くの公衆電話から匿名で通報してしまおうか。けれど、それもそれで問題がある。通報を受けて最寄り所轄署の地域課員が様子を見に来たとしても、家屋の周りに不審な点が見られない以上、屋内に立ち入ることまではしない——というか、できないだろう。天塚良蔵の遺体や、一階の彼のこれまでの犯行を示す現場の発見は、遅れに遅れるはずだ。その間にも遺体の腐敗はさらに進行し、採取できる情報は少なくなっていく。それは絶対に避けたい。

では？

私の単独行動と、それにまつわる諸々の事情を斟酌《しんしゃく》し、さらにその上で、正規の手続きに頼らず現場を動かせる誰かの協力が要る。

「…………」

どれだけ考えてみても、そんな都合のいい人物の心当たりは、一人だけしかいなかった。

3.

天塚良蔵にまつわる情報が南大田署の捜査本部に伝達されてきたのは、それから三日後――十一月二十六日のことだった。

　午後の捜査会議で発表された文字通りの青天《せいてん》の霹靂《へきれき》に、講堂に居並んだ百戦錬磨の捜査員たちも、さすがにざわめきを抑えられないでいた。

「――静かに。私語は慎め」

　押し殺した注意のあと、ややあってから管理官は続けた。

「被疑者の氏名は天塚良蔵。元大学教授。年齢は五十五歳。住所は世田谷区大蔵。近所の公衆電話からの匿名の通報を受け、成城署の地域課員が向かったところ、現場である家宅から天塚良蔵の犯行を示す証拠が発見された。天塚良蔵本人は、二階の寝室で死亡していた。司法解剖の結果はまだだが、死後それなりの時間が経っていると思われる」

　管理官の声音は努めて淡々としていた。けれどそれは、内心の強い憤りを押し込めているせいだろうと察せられた。

「天塚良蔵の自宅の塀には血液が付着しており、そのDNA型を調べたところ、加瀬俊也のものであると同定された。さらに天塚良蔵の自宅の庭には、車を走らせたような芝生のめくれが確認されている。自宅に停められていた自家用車のタイヤのパターンと、加瀬俊也の遺体に残っていたタイヤ痕も一致した。さらに加瀬俊也の肺からは、溺死した際に水と一緒に飲んだ微生物が検出されているが、これも天塚良蔵の自宅裏の水路から採取された水のそれと一致している。――以上から、天塚良蔵は加瀬俊也を自家用車で拉致したあと、その四肢を自宅の庭で何度も轢き潰した。その後、自宅の裏まで加瀬俊也を引きずっていき、水路に突き落として溺死させたと思われる」

一拍置いて、

「天塚良蔵の遺体は長期間放置されていたため、死因の特定に時間がかかっている。が、自宅で発見された病院の診察券や保険証の記録から捜査したところ、今年の一月から膵《すい》臓《ぞう》がんを患っていたことが判明した。死因も、おそらくそれだろうと推察される」

なお、と管理官が続けた内容に、再び講堂はおおいにざわめいた。

「天塚良蔵は、九月に荻窪で発生した女性パティシエである杉崎琴音殺害の被疑者でもある可能性が非常に高く、それを示す証拠も自宅からは見つかっている」

もはや捜査員たちを窘めるでもなく、管理官は口早に言う。

「割り振りなどは改めてとするが、明日からはパティシエ殺しを担当している杉並署の帳場とも連携し、証拠固めと、動機の解明などの後詰めを行う！」

まさしく突如として降って湧いた、しかも被疑者死亡という中途半端な幕切れに、捜査員たちもまた苦虫を嚙み潰したような顔つきがほとんどだった。

もちろん刑事といえど人間で、皆それなりに功名心がある。組対四課を中心とした班の捜査員たちは、当初こそ半グレ集団の中に被疑者ありと見て意気揚々としていたものの、どれだけ捜査を進めてもそれらしい人物が浮かび上がらず、焦りを募らせていただろう。おそらく自分たちで犯人を挙げられなかったものの、私たち捜査一課に手柄を持っていかれたわけでもなく、痛み分けといった形に落ち着いて、どこかで小さくほっとしているはずだ。

私たち捜査一課を中心とした班もまた、いよいよ自分たちにも勝ちの目が出てきた——そう考え、士気が高まっていた矢先のこの顚末《てんまつ》に、振り上げたこぶしの落としどころを奪われたようなおもしろくなさを感じていた。

けれど被疑者が死んでしまったことを——逮捕もできなければ、立件することもできなくなってしまったことを、悔しく思わない刑事はいない。

講堂はそんな捜査員たちの憤りに満ちており、私は、まるで自分が責められているかのように感じた。

「いや、何がどうなってんすかこれ。訳わかんないっすよ」

諸々の疑問を封殺するように強引に解散が命じられると、開口一番、笛吹巡査長がわめいた。露骨に不審そうな目を、さっきまで捜査本部の上層がいた最前へと向けている。

その上層はというと、無関係だったはずの二つの事件が突然繫がってしまい、混乱の極致なのだろう。今後の捜査方針やスケジュールについて杉並署の捜査本部と調整するためか、早々に講堂をあとにしていた。

「そもそも匿名の通報って何すか。あんなの、あからさまな方便でしょ」

「まあ、一概にそうとも言い切れんがな」

後輩を窘めるように言ったのは立浪巡査部長だった。

たしかに匿名の通報というのは、実はそう珍しいものでもない。事件を見て見ぬ振りするのは寝覚めが悪いけれど、自分が面倒事に巻き込まれるのも御免だ、という市民は多く、そういうときに素性を明かさず通報されることが多い。

「ただ、たしかにいろいろとできすぎている感は否めん。……おそらく通報されるまでの過程のどこかに作為があるんだろう」

やはり場数を踏んでいる分、立浪巡査部長の推察は芯を捉えている。ただその作為に私が絡んでいるとは、さすがに思いも寄らないだろう。

それでも、もしこの場でそれに気づくことができる人間がいるとすれば――

「――氷膳」

仙波主任に呼ばれ、私は弾《はじ》かれたように、はい、と顔を上げた。

主任はじっと私のほうを見つめると、闇夜の猛禽のように目を細め、

「お前、俺に……いや、俺たちに何か言っておくべきことはねえのか」

と、切り込んできた。

もちろん何か確証があっての発言ではないはずだ。

ただ、すでに仙波主任にはここ一ヶ月間の私の異変を気取られている。それに三日前

の半休と、そもそも私という人間の過去の行動を鑑みれば、疑われても文句は言えなかった。

そして、私はそのとき不意に、何もかも口に出してしまいたい衝動に駆られた。主任と仙波班の班員たちに秘密を抱えている状況がどうしても耐えがたいものに思え、喉元までせり上がってきた言葉をぶちまけてしまいたくなる。

……それでも。

「――いえ、特にありません」

やはり、言うわけにはいかなかった。話してしまえば、私と同じリスクを背負わせてしまうことになる。

それに――。

仙波主任が唐突にそう訊いてきたことで、班員たちも、「一体何のことだ?」という訝しげな視線を私に向けている。

こちらのほうこそ、まだ確証はない。けれど、そのうちの一つに、私は最大限の注意を払わなければならないと考えていた。

「……ふん」

眉一つ動かさない私をどう見たのか、仙波主任は二度は問わず、鼻を鳴らし、踵を返す。

お疲れさまでした、と班員たちが声をかける中、私はその背中に黙って頭を下げた。

午後十時。

南大田署を出た私は、その足で霞が関の例のサロンへと向かった。

「こんばんは」

尚澄監察官はやはり先に来ていて、邪気のない笑顔で私の到着を迎えてくれた。

会釈をした私は、いつものようにウェイターにコーヒーを注文してからソファに腰かけ、

「先日はありがとうございました」

改めて頭を下げた。

「おかげさまで今日、無事に天塚良蔵の情報が捜査本部に伝達されてきました」

「そうですか。それは何よりです」

喜ばしいとばかりに頷く尚澄監察官に、気負った様子は見られない。それでも彼が折った骨は、それなりに大変なものだったはずだ。それをおくびにも出さず、また恩に着せるふうでもないその態度には、素直に敬服するとともに感謝の念を抱いた。

三日前、世田谷区の家宅で天塚良蔵の遺体を発見した私が頼った相手――それは尚澄監察官だった。私の単独行動と、それにまつわる諸々の事情を斟酌し、その上で正規の

手続きに頼らず現場を動かせる誰か。そんな都合のいい人物は、やはり彼しか思い浮かばなかったからだ。

　祈るような気持ちでかけた電話に、彼は出てくれた。

「――一つだけ確認したいことがあります」

　突然の電話と寝耳に水の内容にもかかわらず、本部庁舎の自分の席にいながらにして、たちどころにこちらの状況を理解した尚澄監察官はこう言った。

「僕が手を出せば、事態を穏便に済ませることはできるかもしれません。ただその場合、まずあなたの成果にすることはできないと思います。それでも構いませんか？」

「……はい、結構です」

　それについては覚悟の上だった。

　たしかに成果は喉から手が出るほど欲しい。けれど事態がここまでこじれてしまった以上、そうも言っていられない。

「わかりました。では二日、あるいは三日を見てください。うまくいかないようであれば、また改めて連絡します」

「……すみません、お手数おかけします」

　通話を切りかけたところへ、尚澄監察官が言った。

「――氷膳さん」

「はい？」

「大丈夫ですか？」

「……はい」

「心配しないでください。きっとなんとかしてみせます」

その声が、妙に胸に沁《し》みた。

ノートパソコンの電源を落とすと、私はもう一度寝室を見渡し、天塚良蔵の遺体を確認してから、現場をあとにした。

その二日後、天塚良蔵の家宅に無事、成城署の捜査の手が入ったことを、尚澄監察官が電話で知らせてくれた。

「ちなみに、どんな手を使われたんですか？」

普段コーヒーはブラックだけれど、今夜はどうしようもなく甘いものが欲しい気分だったので、砂糖二杯とミルクを入れた。

尚澄監察官もカップにミルクを入れながら言う。

「傍目に異常がなくて中に踏み込めないのなら、いっそ異常を作ってしまえばいい、という寸法です」

なんと天塚良蔵宅に投石し、一階の窓を割らせた上で通報したという。

近所の誰かが悪戯《いたずら》で石を投げ、窓ガラスが割られた家は、偶然にも連続殺人犯の自宅だった――そんな筋書きを用意したらしい。

　想像していたよりもはるかにシンプルなやり口に、私が無言で目をしばたたかせていると、

「……この手の小細工は下手に凝るとかえってバレやすいんですよ。ストレートなほうがいっそ安全なんです」

　私の反応が心外だったのか、尚澄監察官はほんのかすかにむっとした様子で言った。すぐに取り繕うように、

「もちろんその小細工が捜査に無用の混乱をきたさないよう、きっちり根回しはしておきました」

　と続け、カップに口をつける。

　キャリアとして人を使うことに長《た》けた彼の言うことだ。一理あるのかもしれない。一方で、それに似つかわしくない子供っぽい態度に、私は微笑ましさを感じた。もちろん彼も本気で怒ったわけではないのだろう。小さく苦笑してみせる。

　今日の会議での通達で、私が初めて知った情報も多かった。その一つが、天塚良蔵の死亡前までの状況だ。

　阿良谷博士が推察していた通り、天塚良蔵は十年前の例の論文発表の一件を機に大学を辞め、都内に戻っていた。両親はすでに亡く、配偶者もいないそうだ。肉親は唯一弟

がいるけれど、彼は福岡で暮らしていて、兄とは完全に没交渉らしい。両親の遺産として世田谷の家を受け継いでいたこともあり、天塚良蔵はそこで暮らしながら、在野の研究者としてネットに論文を公開していたそうだ。例の《世田谷総合福祉センター》での勉強会も、その研究活動の一環だったらしい。……といっても、こちらはまだ今年の一月から、月に一度のペースで催され始めたばかりのようだけれど。

今後、加瀬俊也と杉崎琴音の殺害は天塚良蔵の仕業だった、という物証がある程度そろった時点で、捜査本部は天塚良蔵を被疑者死亡で送検するだろう。けれど、おそらくそれ以上の捜査は行われない。詳しい動機の解明も、きっとされないままだ。

捜査にたられればはない。けれど、もし天塚良蔵を逮捕できていれば、もちろんこんなことにはならなかっただろう。被疑者死亡となると、どうしても深くは追及されなくなってしまう。それは本人の自供が取れず確かめようがなくなるからだけれど、一番の理由は起訴ができなくなるからだ。警察も検察も慢性的に人手が足りず、起訴不可能な事件にいつまでも関わっている余裕はない。そのため外堀さえ埋まっていればそれでよしとされる。個人的にも不完全燃焼の感は否めないけれど……仕方のないところでもあった。

懸案が一段落してから、尚澄監察官は本題に入った。

「内部監査の進展はどうですか？」

その質問に、私はややあってから返事をした。

「……一応、一人だけ不正アクセスをしたと疑われる人物が浮上しています」

天塚良蔵は、前科や前歴などを持ち、かつ、犯行の態様と量刑が見合っていない――そんな人物を標的として殺人を行っていた。その標的を探すために本庁の情報が用いられた可能性が高いことは、すでに尚澄監察官にも伝えてある。

そしてその条件を加えたことで、私の中で急速にある人物が情報漏洩の被疑者として浮上していた。

「ただ、まだあくまで印象の段階です。両者の繋がりもわかりませんし……」

私は言葉を濁したものの、それがはっきりと欺瞞《ぎまん》であることは自覚していた。

本当は、両者の繋がりにも心当たりがついている。

私はただ、それを信じたくないだけだった。

4.

翌、十一月二十七日。

前日の衝撃と困惑が尾を引く南大田署の講堂では、それでも午前の会議で杉並署の捜査資料が配られ、後詰めの捜査を行うための割り振りが行われていた。

けれどそんな中、本部の外線が鳴った。

電話でやりとりをした担当者が、すぐに血相を変えて管理官のそばに歩み寄り、耳打ちで何事かを報告する。

「……なんだと？」

管理官は眉をひそめ、訊き返した。

「間違いないのか」

「は、はい」

外線担当者が頷くと、管理官はすぐに各課の係長たちと顔を寄せ、何事かをささやき合う。その後、内心の混乱を努めて押し殺すような表情でマイクに向かい、捜査員たち全員に告げた。

「――たった今、天塚良蔵の解剖を担当した法医学研究室から、死亡推定日時が判明したという連絡があった」

そういえば天塚良蔵の死亡推定日時についてだけは、まだ報告が上がっていなかった。遺体がかなり傷んでいたので、特定に時間がかかったのだろう。

管理官は、自らの言葉に間違いがないことを確かめるように、切り口上で続けた。

「天塚良蔵の遺体は、少なくとも死後三ヶ月が経過しているというのが、監察医の所見だ」

おそらくほとんどの捜査員は、すぐには事の重大さに気づけていなかっただろう。恥ずかしながら私もそうだった。けれどややあってから、えっ、と声を上擦らせてしまう。やがて周囲にも、その事実の意味するところが共有され、さざなみのようにざわめきが広がっていった。

「……ん？　いや、ちょっと待った。どういうことっすか？」

笛吹巡査長の呟きに、立浪巡査部長がかすかな戦慄を滲ませて答えた。

「……杉崎琴音の遺体発見は九月二十一日。加瀬俊也は十一月五日。どちらも死亡推定日時はその一週間ほど前だ。だが、天塚良蔵が三ヶ月前——八月末頃にはすでに死んでいたのなら、それらの犯行は天塚良蔵には不可能だったことになる」

「はあ⁉」

そう。

つまり天塚良蔵は犯人ではなく、真犯人は別に存在することになる。

騒然とする捜査員たちに管理官が鋭く注意を飛ばす中、私は不意に目まぐるしいイメージの奔流に襲われていた。それらを頭の中で掻《か》い潜《くぐ》るように必死で処理していくうちに、ある一つの答えに行き着く。

次の瞬間、

「——」

がたん、と派手な音がして、講堂のすべての人間の視線がこちらに向いた。

……？　一体なぜ？

そう思って目をしばたたかせた私は、けれどすぐにその理由に気づいた。それもそのはず、私が立ち上がっていたからだ。どうやら反射的にそうしてデスクに膝をぶつけ、大きな音を立ててしまったらしい。

「……なんだ。何か意見が？」

管理官に怪訝《けげん》そうに訊かれ、

「あ、いえ……何でもありません。失礼しました」

私はすぐに着席した。周囲から私の振る舞いを詰《なじ》る声が聞こえたけれど、詳細には聞き取れなかった。自分がたどり着いた答えに間違いがないかを確かめることに、私は必死だったからだ。

ああ、と思う。

我ながら信じがたい答えだった。

けれど、やはりどれだけ考えても、それしかあり得ないのだ。

私は仙波主任のほうを見た。すると仙波主任も、私のほうを見ていた。

新たな捜査方針を策定するために、会議は一時中断となった。講堂が混乱に見舞われる中、

「――仙波主任」

私は、廊下に出た主任を呼び止めた。

「すぐに内々でお話ししたいことがあります」

おそらく主任もそれを察して廊下に出たのだろう。それでも、今更どの面を下げて、と睨めつけ、怒鳴られることも覚悟していた。いや、実際主任はそんなふうに考えていたと思う。

それでも、

「……やっとだんまりをやめる気になりやがったか」

仙波主任は鼻を鳴らし、こう言ってくれた。

「つまらん話だったら、今度こそ帳場から叩き出すからな」

「はい」

きっとそれだけはされないという自信が、私にはあった。

インタールード

繰り言になってしまうが、あえてもう一度書き記しておこう。

拷問は至高の刑罰だ。

長年指摘され続けてきた現代司法の問題点を改善するには、やはりそれを取り入れて刑罰のバリエーションを広げ、より緻密で精確な量刑を可能とする以外にない。僕はそう確信している。だからこそこの主張を社会に浸透させるために、長年腐心してきた。

その中でも、魔女裁判で使われた拷問を用いるという手法は、これまでに発表どころか口外すらしていない新たなるものだ。歴史に裏打ちされた様式のみを採用することで刑罰により厳格な意義を与える、他に類を見ない先進的なものであると自負している。

まさに僕の研究の集大成と言えるだろう。

……ただ、どうやら僕にはもう時間がないらしい。

だからこそ、急がなければならない。

ひょっとすると、これからやろうとしていることは、十年前の論文発表と同じ轍《てつ》を踏もうとしているだけなのかもしれない。

だが、それでも僕は恐れはしない。

なぜなら、これこそがすべての人類の幸福のためと信じているからだ。理解者面をしていた付和雷同の衆がいくらいなくなろうが構いはしない。批判も甘んじて受けよう。

それでも、僕が歩みを止めることはあり得ないのだ。

罪には、それに見合った正しい罰を。

我々の社会が、その必要性に気づいてくれることを心から祈る。

第四話「罪と罰」

1.

私はこの一年半余りのうちに、仙波主任とは『江東区女性連続臓器欠損殺人事件』『奥多摩町逃亡犯皮剝ぎ殺人事件』という二つの事件で捜査を共にした。そして自身望まぬことながら、そのどちらともで私は何くれとなく問題を起こし、そのたびに主任からはにらまれつつも、ときに叱咤《しった》され、ときに目こぼしをもらってきた。

けれど、ここまで盛大な呆れ顔をされたのは、ひょっとすると初めてのことかもしれない。

「……お前は」

事件の後詰めの捜査から一転、杉並署の本部と連携して天塚良蔵宅周辺の地取り、並びに鑑取りが行われることになり、午前の会議ではその割り振りがされた。

その後、私はこれまでの経緯について詳しく説明するべく、仙波主任に時間を作ってもらった（主任と私に割り振られた捜査は、他の班員に頼むことになった）。署内では目立つため、南大田署の車輌を一台借り出すと、とりあえず世田谷方面へ向かって流す。もちろん私が運転席で、仙波主任は助手席だ。以前は奥多摩町の山道でひどい運転を披露し、主任に散々怒鳴られたけれど、その後言われた通りにしっかり練習をしておいたので、今は二十三区内でもそれほど危なげはないはずだ。

そこで私は、一ヶ月前の加瀬俊也殺害からこれまでにあったことすべてを、仙波主任に話した。……人事一課監察係の尚澄監察官から、警視庁のデータベースの情報が持ち出されていると知らされたこと。コピーに使われたのは捜査一課の端末で、使用されたのも捜査一課の刑事のＩＤ、パスワードであり、前後の状況から、コピーしたのは仙波班を含む四係の刑事である可能性が著しく高いこと。その人物を突き止めるために、内部監査への協力を打診されたこと。その一方で、阿良谷博士から、杉崎琴音と加瀬俊也の殺害は同一犯の仕業である、という分析を聞き、それを基に天塚良蔵にたどり着いたこと。そして天塚良蔵宅を突き止め、証拠を求めて宅内に侵入したところ、図らずも本人の遺体を発見してしまい、その後の処置を尚澄監察官に頼んだこと――。

改めて口にすると、その怒濤《どとう》の内容に、我が事ながら眩暈《めまい》を覚えてしまう。いきなり聞かされた仙波主任が呆れ返るのも、無理からぬところだろう。

処置なしとばかりに手で顔を覆っていた主任は、やがてため息をついて言った。

「……よくもそう飽きもせず厄介事を呼び込めるもんだな。呪われてるんじゃねえのか」

「……前厄までは、まだ五年あるはずなんですけど」

横目でにらまれ、私は反対に視線を逃がした。

仙波主任はそれでも、あり余る文句をすべて呑み込むようにいったん口をつぐむと、先を促した。

「言いたいことは山ほどあるが、とりあえず今は全部脇に置いておいてやる。……それで？」

「杉崎琴音、加瀬俊也の殺害と、データベースの情報持ち出し——この二つの事件は、間違いなく関係があると私は踏んでいます。主任はどう思われますか？」

仙波主任は鼻を鳴らし、

「……あるだろうな。さすがにそれだけの物証があって外堀も埋まってるってんなら、否定する気はねえ」

「だとすれば、肝心なのは動機です」

一体なぜ、捜査一課の刑事が、過去の事件の情報を漏洩させたのか？

それについて尚澄監察官は、十中八九金銭目的だろうとにらみ、私も最初はそれで間違いないだろうと考えていた。

けれど私が調べた限り、何らかの事情で生活に困窮していたり、ギャンブルにはまっていたりという、わかりやすくお金に困っている人間は四係からは挙げられなかった。もちろん私の調べは完璧ではなかったし、そもそも困窮していなかったとしても、誰だってお金は欲しいものだ。刑事も人間である。魔が差すことはあり得る。

ただ杉崎琴音、加瀬俊也の殺害と情報の持ち出し——この二つが繋がったとき、私はもっと強力な別の動機が浮上することに気づいた。

「情報を持ち出した人間は、天塚良蔵の主張に強く共感していた。だから二人の殺害にどんな協力も惜しまなかった。そうは考えられないでしょうか」

私が何を言わんとしているのか気づいたのだろう。仙波主任の目が一段と険しさを増した。

「元大学教授である天塚良蔵は、現代司法が抱える問題を解決するべく刑罰に拷問を取り入れるべきだ、という主旨の論文を発表して、学界を追われました。ですが、その後も彼は在野の研究者として活動を続け、その拷問には魔女裁判に用いられたものを取り入れるという新たな手法を考案し、手記にも残していました」

重苦しい沈黙のあと、仙波主任が言った。

「……だがな、天塚良蔵とそいつの接点は一体何だ？　まさか天塚良蔵が、真正面から刑事に情報提供を願い出たわけもねえだろう」

そう、この推理には飛躍があった。

はたして天塚良蔵と、その刑事の繋がりは何なのか。

一体どのようにして、両者は結び付いたのか。

「たぶん勉強会じゃないかと思います」

「勉強会?」

「天塚良蔵は地元の《世田谷総合福祉センター》で、自身の研究に興味のある参加者を募って勉強会を主催していました。その刑事が、もともと犯罪や刑罰に対して強い問題意識を持っていたのであれば、勉強会に参加して天塚良蔵と面識を持った可能性は充分にあり得ます」

――別に死んでもよかったんじゃないっすかね、こんなクズは。

ふと脳裏に、以前耳にした言葉がよみがえった。

普段からは考えられないほど、体温の低い声音だった。

その理由を、私は仙波主任から聞いた。

当時中学生だった妹が暴漢に襲われ、しばらくは学校にも通えなくなったのだという。

言葉にすればそれだけでも、その理不尽に対する絶望と怒りは、どれほどのものだったただろう。

それがきっかけで天塚良蔵の主張に触れ、共感した結果、前科や前歴を持ち、かつ、犯行の態様と量刑が見合っていない――そんな人物を〝処刑〟の標的に選ぶべく、警視庁のデータベースから情報を持ち出すことは、正直とても想像がしやすい。

「つまり、お前が疑ってるのは……」

仙波主任のその問いに、

「笛吹巡査長です」

私は本庁の刑事部屋で隣の席に座る、調子がよくて、けれどその裏に犯罪者に対する苛烈な憎悪を滾《たぎ》らせた先輩刑事の名前を挙げた。

●

それから仙波主任は、笛吹巡査長に電話をかけ続けた。

けれど妙なことに、彼は一切こちらからの電話に出なかった。しかもペアで動いているはずの所轄の捜査員からも、姿をくらましてしまっているという。

「……笛吹め、ふざけやがって！」

毒づいた仙波主任は、スマートフォンを助手席のダッシュボードの上に乱暴に放った。そんなやりとりを尻目に、運転席の私はフロントガラス越し斜向かいに建つアパートから目を逸らさないでいた。

私と仙波主任は、車で練馬区《ねりまく》石神井《しやくじい》町にある住居に先回りしていた。張り込みを始めてからすでに一時間が経過しているけれど、対象が帰宅する様子はいっこうにない。

杳《よう》として行方が知れなくなった対象を発見するべく、主任はさらに仙波班の班員を動かすことを決断した。現在、このアパートの最寄り駅でも、班員がペアになって張り込みをしている。

対象の姿が最後に確認されたのは警視庁本部庁舎内だ。庁舎ロビーに設置されたゲートの通行記録を参照して確認が取れている。もちろん庁舎内のセキュリティ情報に迅速にアクセスできる伝手を持つような人は、私の知人には一人しかいない。

「は。キャリアをあごで使うたあ、ずいぶん偉くなったもんだな」

尚澄監察官との通話を終えた私に、仙波主任は当てこすりを言った。

そのときだ。仙波主任のスマートフォンが鳴った。引ったくるように端末を手に取った主任は、モニターを見て眉間にしわを寄せた。スピーカーをオンにすると、張り込み中だからだろう、押し殺した怒声を上げる。

「……笛吹、てめえどこで油売ってやがる！」

返ってきたのは、いつもの呑気な声だった。

「いやー、参りましたよマジで。いきなり腹痛くなっちゃって、近くのコンビニの便所に駆け込んだのまではよかったんですけどね。それなのに寒いせいか、今日はまた一段と硬くて」

「それならそれで、なんで今まで電話に出なかった⁉」

「えー？　いやだって俺が出してるとこの音なんて、聞かせられるわけないじゃないっすか」

尾籠な言い訳に毒気を抜かれるどころか、こめかみに青筋を浮かべた仙波主任は、今度こそ遠慮なく怒鳴り散らした。

「お前がクソしてる間に事態はとっくに変わってんだ！　馬鹿なこと抜かしてないで、とっととこっちの捜査に加われ！」

●

「つまり、お前が疑ってるのは……」

「笛吹巡査長です」

先輩刑事の名を挙げた私は、けれど、すぐにこう続けた。

「ただ正確には、疑っていた、です。笛吹巡査長は、情報を持ち出した人物じゃありません」

眉をひそめる仙波主任に、私は言う。

「きっかけは、天塚良蔵の死亡推定日時の判明でした」

天塚良蔵は笛吹巡査長から過去の事件の情報を手に入れ、その中から杉崎琴音と加瀬俊也を標的に選び、殺害した。けれどその後、患っていた膵臓がんによって自宅にて死亡した。当初、私はそう考えていた。天塚良蔵が遺《のこ》した手記からも、その通りに読み取れた。

けれど司法解剖の結果、天塚良蔵の遺体は、少なくとも死後三ヶ月が経過していることが判明した。これをきっかけに、事態はまるで様相を異にしてしまった。

杉崎琴音の遺体発見は九月二十一日。加瀬俊也は十一月五日。どちらも死亡推定日時はその一週間ほど前だ。天塚良蔵が三ヶ月前——八月末頃にはすでに死んでいたのなら、それらの犯行は不可能だったことになる。

天塚良蔵は今回の事件の犯人ではない。

では、一体誰が？

「ひょっとすると笛吹巡査長が、不正アクセスだけでなく、杉崎琴音と加瀬俊也の殺害まで行っていたのかとも考えました。ただ、そうすると見過ごせない矛盾が生じるんです」

「矛盾だと？」

「はい。天塚良蔵の手記にはこんな一文がありました」

記憶に焼き付けていたそれを私は暗誦する。

「――魔女裁判で使われた拷問を用いるという手法は、これまでに発表どころか口外すらしていない新たなるものだ」

仙波主任ははっとした顔で、そういうことか、と呟いた。

私も頷き、

「天塚良蔵は長年にわたって、刑罰に拷問を取り入れるべきと主張してきました。ただ、魔女裁判に使われたものを用いるという手法は誰にも知らせていないと書き遺していますす。笛吹巡査長が一人で魔女裁判の拷問に見立てた殺人を実行するのは不可能です」

「笛吹が自分でそいつを思いついたなんて可能性も……まあ、ねえだろうな」

私もそれはないと確信していた。

仮にも名門私大の元教授をして、

――他に類を見ない先進的なものであると自負している。

――まさに僕の研究の集大成と言えるだろう。

とまで言わしめた手法だ。そう簡単に思いつけるものではないだろう。実際、私は阿良谷博士に指摘されるまで、そんな見立てにはまるで気づけなかった。

それに笛吹巡査長では、博士が分析によって導き出した犯人像ともおおいに食い違ってしまう。それによると、犯人のパーソナリティは普段は物静かで寡黙なはずだ。……

あり得ない。少なくとも、笛吹巡査長はまったく寡黙ではない。

それでは、犯人は一体誰なのか？　どうして魔女裁判の拷問を殺人に取り入れることができたのか？

天塚良蔵の手記の内容を信じるのであれば、答えは一つしかない。

「犯人は、あの手記そのものを盗み見たんです」

それができたのは、間違いなく天塚良蔵に近しい人間だ。

彼のノートパソコンに近づける以上、普段から家宅にも出入りしていたのだろう。膵臓がんを患っていた天塚良蔵の身の回りの世話もしていたかもしれない。それは死後に遺体がなるべく腐敗しないよう、エアコンで室内の温度の調整をしたことからもうかがえる。でないと、本当は夏場に死んだ天塚良蔵の遺体はさらに見る影もないものになっていたはずだ。

その人物像を割り出す糸口は、天塚良蔵宅のカーポートに停まっていた自家用車だ。犯行にも使われたセダン――その運転席のシートは、私でも運転しやすそうな仕様に調整されていた。つまりステアリングやペダルが操作しやすいよう、シートが前方に大きくスライドさせてあった。

けれど、天塚良蔵は決して小柄な人物ではない。生前の様子こそ知らないものの、彼の遺体は縦二メートルのベッドを占有するぐらいに大柄だった。あのシートの状態は、天塚良蔵ではない別の人物が車を運転していた動かぬ証拠だ。

これらの状況証拠を素直に考えるのであれば、犯人はまず間違いなく女性だろう。

彼女は天塚良蔵の手記を本人に無断で盗み見た。そして、そこに書かれていた内容を実践するために、警視庁のデータベースの情報を手に入れる必要があったのだ。

「だが、待て」

と仙波主任。

「うちの四係に、お前以外に女はいねえだろう」

「はい」

私は頷き、言った。

「つまり情報を持ち出した人間は、捜査一課の人間じゃないということになります」

仙波主任の眉根が寄る。私が理屈に合わないことを言っていると考えたのだろう。

けれど。

IDとパスワードさえあれば、端末からデータベースへは誰でもアクセスできる。また肝心のIDとパスワードも、笛吹巡査長のように杜撰《ずさん》な管理をしている人はいる。時間さえかければ、他にも見つけることはできたかもしれない。あとはその現場を見咎められないよう注意するだけだ。警視庁の本丸である本部庁舎に日頃から堂々と出入りし、捜査一課の刑事部屋にいても怪しまれることはなく、むしろ日常の景色として溶け込んでいた彼女であれば、それらは充分可能だっただろう。

今にして思えば、一つだけ引っかかったことがある。

――その……蒲田で事件、みたいなことを。

課長や係長たちの相談事について私が質問したとき、彼女はすぐにそう答えた。たしかに加瀬俊也の遺体が見つかった東糀谷は蒲田の近くだ。けれど東糀谷という地名から、すぐに蒲田が出てくる人間はきっと稀《まれ》だ。

もしいるとすれば、それはもともとあの現場近辺に土地勘がある人間か、さもなければ、その現場に遺体を遺棄した本人だけだろう。

●

さらにもう一時間が過ぎても、石神井の自宅アパートに対象は現れなかった。他の班員たちからも、対象を発見したという連絡はない。

私たちが対象の捜索に回せる人員は、すでに現状で限界だ。対象が犯人であるという物証はまだないので、捜査本部に報告して今すぐ捜査員を回してもらうのも難しい。むしろ勝手な捜査をしていることを咎められるだけだろう。

それでもこうして仙波主任の命令のもと対象の捜索を急いでいるのは、もちろん他の係や班に先んじて手柄を挙げるためではあるけれど、何より、次の犯行を防ぐためでもあった。

なぜなら手記には、三人分の拷問のやり方が書かれていたからだ。

天塚良蔵宅には、すでに現場検証が入っている。そのことから対象は、天塚良蔵、ひいては自身へ捜査の手が伸びていることに勘づいているだろう。

天塚良蔵の手記に書かれた拷問殺人を実行することに、対象が並々ならぬこだわりを持っているとすれば――いや、間違いなく持っているはずだ――警察から逃げ切れなくなる前に、最後の犯行を達成しようと考える可能性は高い。

ひょっとして、もう自宅には戻らないつもりだろうか。とはいえ、この場を見張らないわけにもいかない。だとすれば――

「主任」

私は決断し、即座に伺いを立てた。

「ここはお任せしても構いませんか」

「なに？」

仙波主任は鋭く言う。

「どうするつもりだ」

「私は天塚良蔵宅に行ってみます」

「なんだと?」

「すでに警察の手が入っている以上、対象があの現場に戻る可能性は低いかもしれません。ただ、だからこそ、ということもあり得ます。それに、犯行に使えそうな場所が他にいくつもあるとは考えにくいですから」

もちろん単独行動が危険であることは百も承知だ。実際、私は過去にそれで散々痛い目を見ている。

けれど、今はこれ以上どうしたって人員を割くことができない。そうしてみすみす犯人を取り逃がすぐらいなら、私は何度だって危険を冒すつもりだ。

仙波主任は渋い顔で迷う素振りを見せた。けれど、それも一瞬のことだった。現場では一分一秒の迷いが文字通り生死を分けることもある。そして仙波主任は私が知る限り、その現場で叩き上げられた最高の刑事の一人だ。

「現場に着いたら必ず報告を入れろ。いいな」

「了解です」

私は警察車輌を降りると、タクシーを拾うべく寒風の中を大通りのほうへ走った。

2.

三十分後。

環八通りでタクシーを降り、大蔵の天塚良蔵宅に到着した私がまず真っ先に目をやったのは、正面の門の柵越しに見えるカーポートだった。天塚良蔵の自家用車は犯行にも使用されている。警察の捜査の手が自分に及んでいることに気づいた犯人が、逃走用に乗っていった可能性も考えていたからだ。

けれど、それは杞憂《きゆう》だった。天塚良蔵のセダンには、U字のホイールロックがかかっている。現場の検証が終わったあとで、本庁の鑑識班か成城署の捜査員が取り付けたのだろう。

玄関のドアにも現場保存テープが貼られ、立ち入りが禁止されていた。遠目に見る限りでは、特に剝がして貼り直されたような形跡もない。

私はスマートフォンを取り出して、仙波主任に報告を入れた。

「天塚良蔵の自宅に到着しました。ですけど、特に変わった様子はなさそうです」

「そうか」

「ひょっとすると対象が現れるかもしれませんし、しばらく張り込むべきでしょうか」

私が訊くと、

「……別にやらせてやっても構わんが。屋外に一人で何時間でも粘れるのか」

仙波主任は呆れたように言った。

たしかにこれだけ気温が低い中、路上でじっとしているのはかなり難しい。主任の言う通り、複数人である程度準備をした状態でないと、どのみち不可能だ。

「わかりました。いったん戻ります」

通話を終えた私はスマートフォンをしまうと、もう一度だけ家宅のほうへ目を向ける。すると、さっきは気づかなかったものにふと目が留まった。

家宅正面の窓が割れていたのだ。

いや、もちろんその事実自体には最初から気づいていた。尚澄監察官が天塚良蔵宅に捜査員を踏み込ませる際、一階の窓を割った上で匿名の通報をする、という工作を取り計らっている。そのときに割られたものだろう。

そして事件の現場は基本、徹底的に保存される。いわば、そのまま放置が原則だ。だから割れた窓がそのままになっていても特に気には留めなかった。

けれど、さすがにそれはおかしくないだろうか、と思い直した。いくら何でも、あのままでは荒天時に風雨が屋内に吹き込んでしまう。それではかえって現場を荒らすことになる。

目立つけれど、裏手まで回っている時間が惜しい。周囲に人影がないことを確認してから、私は脇の塀をよじ登り、一息に乗り越えた。窓のそばに近づく。と、その箇所を観察するまでもなく、新たな異変に気づいた。

窓のすぐそばに、ブルーの緩衝シートが落ちていたのだ。その縁にはビニールテープが付着している。やはり本庁の鑑識班か成城署の捜査員が、屋内の現場保存のために割れた窓を養生しておいたのだろう。それが剝がれ落ちてしまったらしい。

けれど、なぜ？

天塚良蔵宅に現場検証が入った日からこれまでに、たしか一度だけ雨が降った日があったはずだ。そのせいだろうか。それとも――

「…………」

意味こそ違うけれど、これもまた文字通りの割れ窓理論……なのだろうか。

私は念のため、仙波主任に短いメッセージだけ送っておいた。

『宅内をひと通り確認して戻ります』

呼吸を整え、ガラスの割れた箇所に手を入れてクレセント錠を外し、サッシを開ける。

靴を脱ぐかどうか迷ったものの、結局履いたまま窓枠に足をかけた。絨毯が敷かれた床に、小さなガラスの破片が散らばっていたからだ。踏みつけて足の裏を切ったりすれば、もしものとき思うように動けなくなる。

足音を立てないようにそろりと着地したその部屋は、どうやら書斎のようだった。壁際には大きなデスクと書籍が収められた本棚、奥には廊下に繫がるドアがある。

先日立ち入ったばかりなので、宅内の間取りはおおよそ把握できている。出た先の廊下を右手に向かえば玄関で、左手に向かえば例のリビングのはずだ。とりあえずリビングから回ろう。そう決めて、ゆっくりとドアを開けたときだ。

目が合った。

廊下に人が立っていたのだ。

な、とうめきながら私が身を引いたのと、頭上から何かが落ちてきたのは同時だった。どむ、という鈍い感触とともに、頭の芯にまで衝撃がめり込んできた。たちまち膝から力が抜ける。

靴下などに砂を詰め、遠心力を利用して叩きつける——いわゆるブラックジャックと呼ばれる鈍器だとわかったのはあとのことだ。このときはただ、目の前を真っ赤に塗り潰すような危機感と、

——……まずい。脳震盪《のうしんとう》。

そんな断片的な思考を最後に、私の意識は闇へと落ちていった。

……自分が夢を見ているのだということはすぐにわかった。そう、また繰り返し見てきたあの夢だ。

ぼんやりとした薄暗い視界の中、目の前に顔が浮かんでいる。大人の顔だ。私のことを覗き込んでいる。黒くぼけていて、その輪郭すらはっきりしない。

その誰かが、不意に私のほうに手を伸ばしてくる。

その手の甲には、火傷の痕のような、引きつれを起こした皮膚の爛れがある。手はゆっくりと私の頭を撫でるように動き、そしていつもであれば、像はそこで途切れてしまうはずだった。

けれど。

水底《みなそこ》から浮かび上がってくるものの姿形がだんだん明らかになるように、その顔の輪郭や黒くぼけていた面が鮮明になっていく。

……男性だ。

年齢は三十代ぐらいだろうか。髪は短く、人のよさそうな丸い顔立ちをしている。

どこか冴《さ》えない雰囲気にもかかわらず、その目には見る者の心胆を寒からしめるような光が宿っている。

この顔は──


「……っ」

そこで、私は目を覚ました。

あまりに何度も繰り返し見たせいで、もはや夢そのものに現実のような手触りを持ってしまっていたのか、目の前の光景が夢なのか、それとも現実なのか、一瞬わからなくなる。

ただ頭部を襲うずきりとした痛みと、床から這い上がってくる寒さ、そして鼻腔《びこう》を衝くような異臭のおかげで、私はすぐに前後関係を思い出し、自身が危機的状況に置かれていることを把握した。

天塚良蔵宅のリビングだ。

私は靴を脱がされた状態で、後ろ手にロープできつく縛られ、椅子に固定されていた。例の杉崎琴音の殺害に使われた椅子だ。かすかに身を揺すってみるけれど、びくともしない。さっと見下ろしてみた限り、致命的な怪我《けが》は負わされていないようだ。ただそれが、今はまだ、というだけなのは言うまでもないだろう。

カーテンが閉まった薄暗いリビングには、私以外の人影があった。

私が目を覚ましたことにはもう気づいているはずだ。けれどこちらを振り返るどころか一瞥すらしない。背を向けて部屋の奥にしゃがみ込んだまま、何か作業をしている。

「……名代幸子《なしろさちこ》さんですね」

私は声をかけた。

すると。

ややあってからようやく顔を上げた彼女は、どこか冷め切った眼差しで、肩越しに私のほうを見やった。

3.

「初めまして、じゃありませんよね」

私は続けてそう声をかける。

彼女の素性や経歴に関してはすでに調べがついていた。警視庁——それも本庁出入りの業者となると、スタッフの氏名や住所などの確認はしっかりされるため、さすがに偽れなかったのだろう。

名代幸子。

年齢は三十四歳。出身は東京。國府大の卒業生で、かつては天塚良蔵の研究室に所属し、彼に師事していた。その後、別の大学で助教をしていたものの、今年の二月に突然辞職。その後、警視庁本部庁舎の清掃業務を請け負う《グリーンビルメンテナンス》のパートタイムスタッフとなっている。

肩にかかるぐらいの長さの髪で、普段は大判のマスクをしているため素顔を見る機会はなかったけれど、顔立ちは楚々として整っている。ただナチュラルメイクという意味ではなく、本当の意味で化粧気がないので、印象には残りにくそうだ。動きやすそうなデニムにニットという素朴な恰好で、この凄惨な現場と驚くほどちぐはぐだった。

「ここで何をしているんですか？」

私はとにかく時間を稼ぐために話しかけた。完全に拘束された今の状態では、誰にも連絡ができない。けれど、宅内を見て回ることは仙波主任に報告してある。私と連絡がつかなくなれば、きっと確認に来てくれるはずだ。ただ体感的に、まださほどの時間は経っていない。おそらく五分か六分……どれだけ長く見積もっても十分以内だろう。仙波主任がいる石神井町からここまで、およそ三十分。楽観的になるには、正直かなり難しい状況だ。それでも、何もせずにあきらめてしまうわけにはいかない。

けれど彼女――名代幸子は、私の問いかけを完璧に無視した。興味なさげに顔を背け、再び作業に戻ってしまう。

ここまでとりつくしまがないのでは時間稼ぎも何もない。かといって、出頭を促してみたところでおそらく無駄だろう。

まだ朦朧《もうろう》とする頭を必死に巡らせ、なんとか言葉を捻り出した。

「――天塚良蔵の勉強会の報告記事をＳＮＳに上げたのも、あなたですね」

わかりやすい反応はなかった。

けれど、彼女がこちらの言葉を気にする気配を、私はその背中から感じ取った。

「彼のことを尊敬していたんですね」

――普段は物静かで寡黙。ただ、一度興味のあることをしゃべり出すと止まらなくなるタイプだ。

阿良谷博士は犯人のことをそう分析していた。それなら、この話題を無視し続けることは難しいはずだ。

「なのに、どうして彼の手記を勝手に盗み見るようなことをしたんですか？」

持ち上げてから落とすと、案の定、名代幸子は食いついてきた。肩越しにゆっくり振り返り、しれっとした顔で言う。

「……当たり前でしょう？　先生はご病気で、亡くなるかもしれなかったんですよ？　誰かが内容を把握しておかないと、先生の研究が消えてしまうかもしれない。そんなの、絶対にあってはならないことです」

口調こそ理性的なのに、どこか頑迷さを感じさせる、そんな声音だった。

「清掃スタッフとして警視庁本部庁舎に入り込んで、捜査一課の端末からデータベースの情報を持ち出したのも」

「先生の研究発表の準備をしておくためです」

やはり、と思う。すべてのきっかけは、天塚良蔵の膵臓がんの発覚なのだ。

天塚良蔵の病気の発覚は今年の一月、と捜査本部で報告があった。

彼女はそのときに、天塚良蔵からその事実を聞かされたのだろう。

——……ただ、どうやら僕にはもう時間がないらしい。

事実を知ったときの彼女の気持ちを推し量るのは難しい。

ただ、彼女は即座に自らがすべきと信じる行動に移った。天塚良蔵の研究を余さず残すため、彼のパソコンの文書を盗み見て、さらにその主張を実践するために、清掃スタッフとして警視庁本部庁舎に入り込み、捜査一課の端末からデータベースの情報を持ち出したのだ。

「でも、先生は亡くなってしまった。……それなら、私が先生の研究を発表しないと」

目に鈍い光を宿らせた名代幸子は、半ば独白のように言う。

阿良谷博士は犯人が持つ内的衝動を、一種の使命成就による自己陶酔、と分析していたけれど、やはりそれは正しかった。

名代幸子にとって、一連の犯行はすべて、天塚良蔵の論文の発表そのものなのだ。天塚良蔵に心酔する彼女は、それを己の使命と固く信じている——その気配がありありと感じ取れた。

「ただ、まさかこんなに早く警察がやってくるなんて思っていませんでした。このままじゃ捕まっちゃうし、だからもういっそ私自身を被験者にして発表するしかないのかな、と考えていたんですけど」

まるで気負った様子もなく言う。自分の命すら使命成就の糧にする、その破滅的な思考が冷気となって伝わってくるようで、私が思わず背筋を強張らせたときだ。

「でも、きっとこれも先生の思し召《おぼしめ》しですね」

名代幸子は幽鬼のように立ち上がる。その目は、己が使命を最後まで果たせることに対する心からの喜びに満ちていた。

「こうして目の前に、受刑者にふさわしい咎人がやってきてくれたんだから」

彼女の両手には束にして結わえられた薪と、赤いポリタンクが提げられていた。ちゃぽん、という水音、そしてさっきからずっと鼻を衝いていた臭いで、中身はわかっていた。——灯油だ。

これから彼女がしようとしていることは何か。それは文字通り、火を見るよりも明らかだろう。

身体は寒いぐらいなのに、じっとりと額に汗が浮かぶのを感じながら、

「……咎人？」

私がそう訊くと、

「とぼけないでください。あなた、罪あるじゃないですか」

名代幸子は真顔で断じた。

「——情報漏洩。あとは単独捜査と謹慎無視でしたっけ。よりにもよって警察官のくせに。許されませんよね、それ」

ひた、と喉元に刃《やいば》を当てられた気がした。

彼女は本庁の刑事部屋に出入りしていた。私の噂を耳にする機会はあっただろう。

ただ彼女から改めてそれを指摘された私は、ひどく動揺している自分を発見し、その事実に重ねて動揺してしまった。……一体どうして？　自分のしでかしたことを忘れたことなど、これまで片時もないつもりなのに。

私が言葉を失《な》くしたことで、名代幸子は勝ち誇ったように口の端を上げ、続けた。

「本当にどうしようもないですね、警察なんて。やっぱり先生は正しかった。罪には、それに見合った正しい罰を与えなくてはいけないんです。これで無能な学会も、無理解な社会も、やっと先生の研究の必要性に気づくでしょう」

「……いえ」

それでも内心の動揺とは無関係に、

「気づかないと思いますよ、あなたのやり方じゃ」

いつものように表情を変えないまま、私はそう言っていた。

「……罰逃れたさに、いい加減なことを言わないでもらえますか？」

「そんなのじゃありません。ただ、あなたのやり方には致命的な矛盾があるからです」

見下げ果てるような目をしていた名代幸子は顔つきを険しくする。そこへ、私は続けた。

「だってあなたは、受刑者を拷問した上で殺害してしまっている」

天塚良蔵の手記には、

――受刑者を死なせてしまってはならない。

という旨が、再三にわたって書かれていた。

思わず眉をひそめてしまうような凄惨な内容に、私も天塚良蔵の真意を読み違えていたのだ。

方法論の是非はともかく、彼は本気で現代司法の問題を憂えていた。そして、自らの主張と研究の必要性を、至極まっとうなやり方で訴えていこうとしていたのだ。

手記の最初には、このように書かれていた。

――そのためにも僕はますます精進しなくてはならない。どんな罪にどれだけの罰が適切か、研究しなくては。その〝会場〟の準備もすでに済ませてある。

ここでいう〝会場〟とは、拷問殺人や遺体遺棄の現場のことだろう、と私は考えていた。

けれど天塚良蔵が犯人ではなく、殺人を犯すつもりなどなかったのであれば、その意味するところはまるで違ってくる。そして、今となってはもはや明らかだ。天塚良蔵が意図していたのは、きっと勉強会のことだったのだろう。

――ひょっとすると、これからやろうとしていることは、十年前の論文発表と同じ轍を踏もうとしているだけなのかもしれない。

――だが、それでも僕は恐れはしない。

――批判も甘んじて受けよう。それでも、僕が歩みを止めることはあり得ないのだ。そうして、一人でも多く自身の主張を理解してくれる人間を増やし、いつか社会に受け入れてもらおうと考えていたのだ。

「あなたがやったことは、そんな天塚良蔵の意思とは正反対の押し付けです。あなたは彼の意思を歪んで受け止め、それを実現する自己に陶酔しているだけの――ただの快楽殺人者に過ぎません」

名代幸子は表情を消した。

やがて、

「……それが、あなたの最終弁論でいいんですね？」

努めて押し殺した声とともにゆっくりこちらへやってくると、抱えていた薪を私の足元へ乱暴に落とした。それらにはカッターナイフか何かでささくれが作ってあった。先ほどまでの作業はこれだろう。さらにポリタンクの蓋を開けると、そこに勢いよく灯油をかけていく。その跳ねが爪先にかかり、私はさすがに息を呑んだ。

……おそらくまだ五分程度しか経っていない。仙波主任が来てくれるまで、最高にうまくいってもあと十五分はかかる。

苦し紛れに言葉を紡ぐ。

「まさか、この家ごと燃やすつもりですか？」

「ええ。それが何か？」

もちろんあらゆる意味で大問題だ。

「余計なお世話かもしれませんけど、逃走の算段はちゃんとついているんですか？」

再び余裕を取り戻した様子で、名代幸子は言う。

「先生の論文をすべて発表するまでは捕まるわけにはいきませんでした。でも無事にそれを終えることができたなら、私は公判で先生の主張を世に訴え続けます。だから、最初から逃げるつもりなんてありません」

デニムのポケットからライターを取り出し、石をこすった。暗がりに炎が生まれ、彼女の横顔を照らす。

笑っていた。

しゃがみ込んで、たっぷりと灯油を吸った薪のささくれに炎を近づける。かすかな空気の揺らめきとともに炎が移り、ちろちろとした火がゆっくりと、けれど確実に私の足元に円状に広がっていく。空気を伝って浸潤してくる熱に、私は全力で身を揺すった。それでも拘束は少しもゆるまない。

私から距離を取った名代幸子が笑みとともに言った。

「さあ、頑張って耐えてください」

その姿がみるみる黒い煙で遮られる。同時に鋭い熱と痛みが両足を覆った。

炎が私のパンツに燃え移っていた。立ち昇る黒煙にたちまち目と喉も潰され、涙とともに咳《せ》き込《こ》む。

「……っ！」

息ができない。

間違いなく仙波主任は間に合わないだろう。近所の住民が煙に気づいて通報してくれたとしても、消防が駆けつけるまでに私が生きていられる可能性はゼロだ。足を焼かれる痛みに、必死に歯を食いしばる。どうする。一体どうすれば。

──これはいわば浄化の炎だ。

思考が千々に乱れる中、不意にそんな言葉が紛れ込んでくる。

私はかつて服務規程違反を犯し、けれど脅しすれすれのやり方で免職を免れた。そのことを忘れていたつもりは誓ってない。

……けれど。

周囲からそれを非難され、白い目を向けられることに、私は知らず知らずのうちに慣れてしまっていたのかもしれない。そしてその慣れは、間違いなく二回目、三回目の規則破りへのハードルを低くしていただろう。

警察関係者でない名代幸子から改めて事実を指摘されたことで、私はそれに気づかされた。だからこそ、動揺を抑え切れなかったのだ。

私の足は、とっくに沼の中に沈み始めていた。

これは、その代償なのだろうか。

「――――」

再び咳き込んだ拍子に、煙が肺に入り込む。

急速に酸素が欠乏し、意識が朦朧としていく。

ああ。

死ぬのか。

その暗く冷たい感触が、差し迫った実感となって目の前に横たわったときだ。

がん、という破壊的な音が聞こえ、私は再び目の前の現実に呼び戻された。

音？

何の。

そう思った次の瞬間、今度は音とともに――衝撃が来た。

「痛え……って、うお！　なんだよこりゃ!?」

庭に面した掃き出し窓のガラスを突き破って、誰かがリビングに転がり込んできたのだ――というのは、あとからわかったことだ。その人は煙に巻かれる私を見て、すぐに火のついた薪を蹴り飛ばし、着ていた上着で私の足を舐めていた炎を払った。

「熱っつ！　くそ！」

「……笛吹、巡査長？」

私は激しく咳き込みながら顔を上げる。燻《いぶ》されて霞《かす》んだ目に映ったのは、間違いなく仙波班の先輩刑事だった。

現場に闖入《ちんにゅう》してきた彼に、名代幸子が怨嗟《えんさ》の声を上げる。

「……警察!?　どうして！　どうして警察が咎人をかばうんですか！」

「はあ?!　咎人だ？」

目の前の女性が名代幸子で、彼女が一体何を糾弾しているのか、ややあって察したのだろう。笛吹巡査長はさっと私のほうを見る。それから再び名代幸子をにらみつけ、激昂した。

「一緒にしてんじゃねえぞ！」

私は、目を見開いた。

「本当に大事なもん守るためにはな、清濁併せ呑まなきゃなんねえときだってあんだよ！　それとこれを履き違えてる時点で、てめえの言い分なんぞ最初から聞くに値しねえんだボケ！」

顔を歪めた名代幸子は、

「まったく、先生の研究を理解できない馬鹿ばかり……！」

度し難いものを見る目つきで私たちを詰ると、足元のポリタンクを蹴り飛ばした。灯油が勢いよくこぼれ、みるみるフローリングの床を伝って広がっていく。その先にはたった今、笛吹巡査長が飛び込んできたときに外れたカーテンが落ちていた。さらにそのそばには、まだ火の消え切っていない薪も散らばっている。

灯油を吸ったカーテンに薪の火が燃え移り、みるみる天井を焦がさんばかりの大きな炎が上がった。うおっ、と笛吹巡査長がうめく。その隙に、名代幸子がだっと身を翻した。破られた窓から外へと走り出る。

「あ、おい！　待ちやがれ！」

あとを追おうとした笛吹巡査長は、けれどすぐに私のほうを振り返った。拘束された私のそばにも炎が迫っている。一瞬の逡巡のあと、

「クソが！」

椅子に取り付き、ロープの結び目と格闘し始めた。

「がちがちに結びやがって！　全然ほどけやしねえぞこれ！」

「笛吹巡査長！」

「黙ってろ！」

「いえ、キッチンから包丁を！」

「もっと早く言え、この雪女！」

笛吹巡査長はキッチンから包丁を持ち出し、私を後ろ手に縛っているロープの隙間に差し込んだ。汗みずくで毒づきながら背後で刃を動かしている先輩刑事に、私は言う。

「……ありがとうございます、笛吹巡査長。さっきの言葉、とても胸に沁みました」

「はあ!? てめえはこんな状況で何を呑気に――」

笛吹巡査長がわめくとともにロープが切れた。連鎖的に拘束がゆるみ、私はふらつきながらもなんとか椅子から立ち上がる。

「急げおら！」

笛吹巡査長に続いて、私も窓をくぐる。

焼かれた両足がずきずきと痛み、半ば庭の芝生にまろび出た。けれど、おそらくそれほど重度の火傷ではないはずだ。今はとにかくそういうことにしておく。肩で息をしながら芝生で伸びている笛吹巡査長に、私は言った。

「消防に通報してください！　名代幸子は私が！」

「ああ？　ちょ、おい待て――」

塀に設けられた戸を開け、脇道を抜けて家宅正面の通りに出る。

すると、ちょうど名代幸子が塀を乗り越えて、同じ通りに着地したところだった。おそらく車を使おうとしたのだろう。そこで初めてU字ロックがされていることに気づき、慌てて塀を乗り越えたのだ。

こちらに気づいた名代幸子は顔をしかめ、即座に幹線道路のほうへと踵を返した。

「待ちなさい！」

私もそのあとを追うべく地面を蹴る。

けれど、たちまち焼かれた剝《む》き出《だ》しの足がずきりと痛んだ。ふらつき、転倒しそうになったところを塀に手を突いてなんとかこらえる。

絶対に見失うわけにはいかない。ここで必ず捕まえなければ。

そう思う一方で、一瞬心に弱気が差し込んだ。

今の私は万全とはほど遠い。足の火傷はもとより、脳震盪を起こしたあとに煙を吸ったせいか、実は立っているのがやっとだ。荒事には多少の覚えがあるけれど、こんな全身が悲鳴を上げているような状態で、はたして満足に動けるのか。

まして名代幸子は、使命のためなら警視庁本庁から情報を盗み出し、半グレ構成員の加瀬俊也すら拉致するほどの――おそらく私にやったように人目を盗み、ブラックジャックで頭部を殴打して昏倒《こんとう》させたのだろう――危険きわまる胆力と行動力を持っている。いざとなれば、私にとどめを刺すことに何の躊躇もしないだろう。

それでも。それでも、だ。

決してもうこれ以上、被害者を出すわけにはいかない！

私は弱気を振り払い、膝に鞭《むち》を入れた。こういったときに無理がきくよう、いつも心身を鍛えてきたのだ。ここで最後の力を振り絞らないで、一体いつそうするというのだろう。

振り返った名代幸子の顔に、死に損なった挙句に性懲りもなくあきらめない私に対する強い苛立ちが浮かぶ。けれど裸足《はだし》のまま、満身創痍《まんしんそうい》になっても追ってくる私の姿に鬼気迫るものを覚えたのか、歯噛みすると私の目から逃れるように再び前を向いた。ただ。

その内心に焦りが生まれたのだろうか。名代幸子はにわかに足をもつれさせた。転倒はしなかったものの、その隙に私は大きく差を詰め、彼我の距離がおよそ三メートルほどまで縮まる。

大丈夫。追いつける。間違いなく抵抗するだろうけれど、すかさず腕を取って肘を極め、拘束する。

私は名代幸子の背中に手を伸ばした。

途端、こちらの膝が折れた。え、と思ったときにはがくんとバランスを崩し、手が空を切っていた。体勢を立て直す暇もなく、私は次の瞬間、まともに手も突けないまま無様にアスファルトで膝を打ち、路面にごろごろと転がっていた。

「……っ」

うめきながら顔を上げる。

名代幸子の背中がみるみる遠ざかっていく。

すぐに起き上がろうとするけれど、足や腕に強い痛みが走り、思わず声が出た。

そんな……ここまで来て！

私が絶望に打ちひしがれたときだ。

けれど、不意に名代幸子の足が怯んだように止まった。

なぜならその先に、大柄な男性が立ち塞がっていたからだ。

「立浪巡査部長！」

私が声を出したのと、追い詰められた名代幸子が自暴自棄になったかのように金切り声を上げながら、立浪巡査部長へと突っ込んでいったのは同時だった。

そして。

名代幸子の突進をその巨軀で受け止めた立浪巡査部長は、軽々と身を捻り、彼女を俯《うつぶ》せの状態で路上に組み伏せた。奇声を上げて暴れるその腕を後ろで取り、完全に動けないよう押さえ込んでしまう。

すべては一瞬の出来事だった。

その鮮やかな手並みに、半ば呆気に取られていた私は、やがて湧き上がる安堵《あんど》に全身を弛緩《しかん》させた。

両手を突いてなんとか立ち上がり、よろめきながらもゆっくりと彼に近づく。

「お見事な体捌きでした」

以前かけられた賛辞をそっくりそのまま返すと、こちらを見上げた立浪巡査部長は、

「そっちこそ、ずいぶんと勇ましい恰好だな」

そう言って、珍しくほんのわずかに口の端を上げた。

4.

仙波主任が現場に到着したのは、それから十五分後のことだった。

そのときにはすでに、警察、消防、救急の車輌もそろい踏みで、私たちがいた家宅内や正面の通りは慌ただしい喧騒《けんそう》に包まれていた。

幸いにも火は小火《ぼや》の段階でぎりぎり消し止められ、大規模な被害を出さずに済んだ。名代幸子も緊急逮捕され、つい先ほど南大田署へと移送されている。

「……相変わらず神がかり的な引きの悪さだな。いや、一周回ってむしろいいのか？」

頭を鈍器で殴られて昏倒し、縛られた上で両足に火傷を負わされた、まさに惨憺《さんたん》たる有様の私を見て、仙波主任は心底呆れ果てた顔つきで言った。

「お前からの返信がまるでねえから、俺より近くにいた笛吹と立浪を先に向かわせたが……正解だったらしいな」

「おかげで命拾いしました」

前回の事件に引き続き、今回も仙波主任のフォローに救われたことになる。救急車輌の後部座席で応急処置を受けながら私がお礼を言うと、主任は、次はないぞ、とばかりに鼻を鳴らした。

「主任」

「なんだ」

待機している仙波班の班員たちのほうに視線を転じた私は、

「……どうして主任が、彼らを班員としてそばに置いているのか、よくわかりました」

と呟いた。

それに対する仙波主任の返事はなかった。けれど、あえて答えるまでもないと聞こえない振りをしたのだろう。

配属当初、私は正直、笛吹巡査長に対してはあまりいい印象を持っていなかった。調子が軽く、ムードメーカー的存在ではあるものの、仕事ではいささか詰めの甘さが目立つ。使えない人間は放り出す、と公言してはばからない仙波主任が、一体なぜ彼を班員に加えているのだろうか、と。

ただ今回の事件で、私はその理由を悟った気がした。

いざというときには頼りになるから――もちろんそれもあるだろう。実際、笛吹巡査長の現場への到着があと数分も遅ければ、私は重篤な負傷で再起不能になっていたかもしれないし、最悪の場合、この世にいなかっただろう。文字通り、彼は命の恩人だ。感謝してもし切れない。

けれどそれと同じぐらい、名代幸子にまっすぐに言い放った彼の姿は、私にとって意味があった。

手柄を挙げることに人一倍こだわりを持ち、その強いモチベーションこそが結果として速やかな犯人逮捕と事件解決に繋がる。そのために、ときには服務規程違反だって見ない振りをする。それぐらいしたたかに立ち回ってこそ本物の刑事——仙波主任はそんな信念の持ち主だ。

それでも……いや、だからこそ決して間違えてはならない。目的のためなら、どんな手段を使っても構わない——そんな心得違いだけは、絶対に許されないのだ。

けれど、刑事も人間だ。どれだけ肝に銘じていても、沼のふちに佇むように、いつの間にかその足が泥に沈み込んで、踏ん張りがきかなくなっていることはあり得る。

だからこそ、彼らが必要なのだ。

笛吹巡査長や立浪巡査部長をはじめとする班員たちがいるからこそ、仙波主任は果敢に前へ進んでいけるのだろう。いざというときは、きっと彼らが自分を止め、こちら側に繋ぎ留めてくれると信じて。

仙波主任は鼻を鳴らし、あごをしゃくった。

「もう行け。あとのことはいいから、病院で安静にしてろ」

主任たちはこれから南大田署の捜査本部に戻って、名代幸子の取り調べだろう。今度こそ、杮木警部補を含めた組対四課などよその班には渡さないという顔だ。名代幸子の身柄を確保するまでのやりとりはひと通り伝え終えたし、痛む身体でうろうろしていても足手まといになるだけだろう。悔しいけれど、私はここまでだ。

「わかりました。あとはよろしくお願いします」

「氷膳」

救急車輌のハッチから離れた仙波主任は私を見て、

「……よくやった」

ぶっきらぼうに言う。

「だが、今後は多少慎めよ」

「……はい」

私は反省も込め、素直に頷いた。

仙波主任が号令をかけ、笛吹巡査長や立浪巡査部長、その他の班員たちが応える。その様子を見ながら思う。

私は依然、暗く底の見えない沼のふちに佇んでいる。そして、これからもそこに佇み続けるだろう。

けれど、その泥の中に沈んでいくことはないはずだ。この人たちといる限りは、きっと。

……あるいは私もまた、沈んでいく誰かに手を差し出せる、そんな存在になれるだろうか。

願わくはそうありたいと思いながら、私は救急車輌内の側面に背をもたせかけた。

エピローグ

私は最寄りの病院に搬送され、精密検査のためにそのまま入院することになった。

幸い打撲した頭部に異常はなく、両足の火傷も比較的軽傷で済んだので、翌々日には退院することとなった。けれどそのときには、捜査はすでにほとんど終えられていた。

名代幸子は取り調べで、杉崎琴音、加瀬俊也を殺害したことや、そのために警視庁本庁から情報を盗み出したことも素直に自供したらしい。おそらく私に語った通り、刑罰には拷問を取り入れるべき、という天塚良蔵の主張を公判で披露し、改めて世に訴えるためだろう。

彼女の犯行動機はメディアによって喧伝され、今後それなりに耳目を集めるはずだ。もちろん今の社会が丸ごとその主張を受け入れるとはやはり思えない。ただ裁判員制度の導入以降、量刑は徐々にではあれど厳罰化の傾向にある。ひょっとすると、理に適《かな》っている、と感化される人間も出てくるかもしれない。

もしそうなれば、今度こそ私たちは問われることになるだろう。――罪には、一体どれだけの罰が見合うのかを。

　ともあれ、さらにその二日後、南大田署の捜査本部は無事に解散が命じられた。講堂に解放感の喧騒が満ちる中、真っ先に笛吹巡査長が気炎を上げる。

「よっしゃあ、終わった！　さあ飲みに行きましょう！　すぐ行きましょう！」

　さすがに今日ばかりはそれに反対する向きもなく、班員全員が苦笑まじりに参加を表明した。

　そこで立浪巡査部長が、私に声をかけてきた。

「お前も行けるんだろう」

「え」

「怪我に差し支えるか」

「あ、いえ。それは大丈夫ですけど……」

　深酒はまずいだろうけれど、たぶん二、三杯なら問題ないはずだ。ただ――

　私は無言で笛吹巡査長のほうをうかがった。

　すると立浪巡査部長も笛吹巡査長のほうを見て、

「構わんな、笛吹」

　笛吹巡査長はスマートフォンで河岸《かし》を検索しながらこちらを一瞥し、気のない返事をよこした。

「……ま、いいんじゃないっすか？　歓迎会もやってねえことだし」

私は目をしばたたかせた。……ほんの少しぐらいは認めてもらえたのだろうか。そんな嬉しさとともに無言で頭を下げる。

鼻を鳴らして私を無視した笛吹巡査長は、仙波主任に訊いた。

「もち、主任も来ますよね？」

仙波主任は、あ？　と目を細めると、愚問だとばかりに言った。

「行くに決まってんだろうが。事件が解決した日に飲まねえで、いつ飲むんだ」


その夜の午後九時過ぎ。二軒目の居酒屋に河岸を移して、しばらくした頃だ。

「――お疲れ様でした。氷膳さん」

尚澄監察官から電話があった。廊下でスマートフォンを耳に当て、私は言った。

「こちらこそ、いろいろとありがとうございました」

けれど尚澄監察官は自嘲まじりに、

「いえ……結局、僕の見込み違いであなたには迷惑をかけてしまいました。さすがに今はちょっと合わせる顔がないので、電話で勘弁してください」

たしかにＩＤとパスワードの杜撰な管理という落ち度はあったものの、捜査一課の刑事が情報を持ち出した事実はなく、結果的に私は、彼の命令でいたずらに同僚を疑ったことになる。

ただ、

「気にしないでください」

気を遣ったのではなく本心だった。彼から内部監査の依頼がなければ、殺人事件と不正アクセスを結び付けることはできなかっただろう。事件の解決はもっと遅れていたかもしれないし、さらなる被害者が出ていた可能性も否めない。結果で語るのであれば、それもまた無視できない事実のはずだ。

「……そう言ってもらえると救われます。では、今回は僕の借りにさせてください。僭《せん》越《えつ》ながら、僕に貸しを作っておいて損にはなりませんから」

キャリアならではのジョークに、私は内心で苦笑した。

しばしの間のあと、こちらの背後の声を聞きつけたらしく、

「賑《にぎ》やかですね。打ち上げですか？」

「はい、班員同士で」

「そうですか。楽しんでください」

彼はややあってから、こう付け加えた。

「できれば今度、僕のお酒にも付き合ってもらえませんか」

私は少し迷ったあと、

「……こんな雪女でよければ」

と答えた。

通話を終えると、

「おらあ、どこ行った新入り！　俺の酒が飲めねえってのか！」

座敷のほうから、すでにジョッキを五杯は空けている笛吹巡査長の怒声が聞こえてきた。なぜかそれにほっとしつつ、すぐに返事とともに戻ろうとしたときだ。再びスマートフォンが振動した。

モニターを見ると、宝田からの電話だった。

「――すみません、氷膳さん。今少しよろしいですか？」

「あ、はい、大丈夫です」

こちらも阿良谷博士に報告に行くつもりだったので、ちょうどいい。そんなことを考えていた私に、宝田はいつにない厳かな声音で言った。

「実は、阿良谷のことでお伝えしたいことがあります」

続く言葉を耳にした途端、私は周囲の喧騒が遠のいていくように感じた。

阿良谷博士との接見が了承されたのは、それから二日後のことだった。

「……本人には黙っていろと言われてましして。まあそうしたところで、ニュースなどでご覧になるかもと思っていたんですが」

宝田は電話口でそう説明した。私は普段テレビをほとんど見ないし、特にここしばらくは忙しすぎて新聞を目にする機会もなかった。だから、まるで知る由もなかった。

宝田は単刀直入に言った。

「――阿良谷の二審の公判開始が決定しました」

私は何と返事をしていいのかわからず、沈黙した。

二審。……そう、まだ二審だ。たとえどんな判決が出たとしても、最高裁での最終審が残っている。

けれど以前、宝田はこうも言った。もし二審で死刑判決が出て、上告も棄却されれば、二、三年以内に阿良谷博士の死刑が執行されても何らおかしくない、と。その事実を私は知っていた。そのはずなのに。

いざこのときが来るまで、それを真に迫って実感できてはいなかった。

同時に私は、阿良谷博士のここ二ヶ月の異変の理由に、やっと気づくことができた。

自分の死が迫り、ナーバスになる。そんなのは彼らしくない、と考える人もいるかもしれない。

けれど、一体私たちは、どれだけ彼のことを知っているのだろう。

そして、どうして彼は私に言ってくれなかったのだろう。その理由はいくつも考えられる。けれど、その考察のどれにも意味はなかった。今はただ、とにかく彼の目を見て話がしたかった。

「……阿良谷博士」

けれど《東京警察医療センター》精神科病棟の受付で、私たちは突然接見中止を言い渡された。本日中に急遽《きゅうきょ》、阿良谷博士の身柄を小菅《こすげ》の東京拘置所に移す措置が取られることになったという。

「お待ちください。私は何も聞かされていません。一体どこの誰がそんな決定を？」

宝田が受付で抗議をするけれど、係の職員は戸惑うばかりでいっこうに話が進む気配がなかった。

埒《らち》が明かない。

私は隙を見てエレベーターへと走った。背後から制止の声がかかるけれど、無視してケージに乗り込み、地下のボタンを押す。

阿良谷博士に話さなければならないことがあるのだ。もちろん今回の事件のことを。そして何より、私自身のことを――。

阿良谷博士。

私、記憶が戻ったんです。

思い出しました。

あれは。

私の両親を殺害した、あの顔は。

扉が開く。

ケージを降りた私は、廊下を走った。

すると、突き当たりの詰め所に通じるドアが向こうから開いた。それをくぐって現れたのは、担当医と二人の刑務官に付き添われた阿良谷博士だった。

「博士！」

両手に手錠をかけられ、さらに腰縄で拘束された彼は、私に気づいてかすかに驚いた顔をした。

途端に刑務官の鋭い制止が飛んできた。それ以上の接近を止められた私は事を荒立てるわけにもいかず、その場に立ち尽くす。おそらく受付が連絡したのだろう。背後から追いついてきた警備員にも捕まり、廊下の端に追いやられた。

そんな私の目の前を、阿良谷博士が歩いていく。

——罪には、それに見合った正しい罰を。

私は、いつか本庁捜査一課を去らなければならないだろう。いや、もしかすると警察官そのものを辞めなくてはならない日が来るかもしれない。それが罰だというのなら、甘んじて受け入れよう。

けれど、それは今ではない。

阿良谷博士も、きっとそうであるはずだ。……そうであってほしい。

「阿良谷博士」

私の声に、阿良谷博士は立ち止まった。

「必ず帰ってきてくれますよね」

彼は、いつものように険しい半眼で私のことを見つめ、傲岸不遜に答えた。

「──当然だろう」

その言葉だけで充分だった。

これまで私は、一年余りも阿良谷博士のことを待たせ続けたのだ。だから、今度は私の番だ。

「──待っています」

阿良谷博士の背中に声をかける。

再会の時はきっと遠くない。そう固く信じながら。

あとがき

「実は日本には、『人を殺してはいけない』という法律は存在しない」という話は結構有名じゃないかと思うんですが（とはいえ、実はこの物言いも解釈や学説によってまちまちらしいんですが……）、初めて知ったときは、「え！　ないの⁉」とストレートに驚いた記憶があります。

「人を殺してはいけない」という見解そのものには賛意が集まるものの、その明文化となると専門家の間でもあれやこれやと意見が割れるそうで、例えば、「だって自分は殺されたくないし」という根拠を持ち出しても、「じゃあ、自分は殺されてもいい、と考えている人間なら誰かを殺してもいいのか？」ということになるし、また「社会の秩序を維持するためだから」といえば、「じゃあ、社会秩序のためならどんな法律を作ってもいいのか？」ということになるわけで。なんだか揚げ足取りめいていて、もういっそ常識とか肌感覚でいっちゃってもいいんじゃない？　などと言いたくなりますが、すると今度は、「拷問は至高の刑罰！」といったとんでもないことを言い出す人も出てきたりするので、いやはや。社会を規定するものである以上やっぱり疎《おろそ》かにはできないし、専門家同士で議論することや広く民意を問うことって大事なのだな、と。

ただ一方で、専門家にもいろいろな人がいるし、何より過去の革命は、最初に三割程度の人間が同調したことで成し遂げられたものが多い、というデータもあるので、安易にそれらを信じてもいられそうにないなあ、というのが、この話の一番怖いところなのかもしれません。

前巻、前々巻と猟奇殺人犯を追いながら、警察組織の軋轢《あつれき》に巻き込まれた本作の主人公・氷膳莉花は、今巻でいよいよ念願だった警視庁本庁に配属されます。ただ、そこでもやっぱり孤立し、おまけにさらにひどい目に遭ってしまうという星回りには、僕自身著者であることを忘れ、「頑張れ！」と声をかけたくなってしまうほど。そのさなかに発生する陰惨な拷問殺人。はたして犯人の正体を暴き、事件を解決できるのか？　莉花や阿良谷たちとともに、読者の皆さんもぜひ真相を追いかけてください。

本作を上梓《じょうし》するにあたっては、またも多くの方からのお力添えをいただきました。担当編集氏をはじめとする、すべての方々にお礼を申し上げます。

そしてもちろん誰よりも、本作をお手に取ってくださった親愛なる読者の皆様に、心からの感謝を捧《ささ》げます。まだまだ油断できない世相が続きますが、拙作が、これまで通りの日々を送り、また新しい何かを始める活力になればと願ってやみません。

――それでは機会があればまたいずれ、次なる事件でお目にかかれますように。

二〇二一年十一月

久住《くずみ》四季《しき》

<初出>

本書は書き下ろしです。

メディアワークス文庫

異《い》常《じょう》心《しん》理《り》犯《はん》罪《ざい》捜《そう》査《さ》官《かん》・氷《ひ》膳《ぜん》莉《り》花《か》

嗜虐《しぎゃく》の拷問官《ごうもんかん》

久《く》住《ずみ》四《し》季《き》

2021年12月25日　初版発行
2024年 6 月15日　3 版発行

発行者　山下直久
発行　株式会社**KADOKAWA**
〒102 - 8177　東京都千代田区富士見2 - 13 - 3
0570-002-301（ナビダイヤル）
装丁者　渡辺宏一（有限会社ニイナナニイゴオ）
印刷　株式会社KADOKAWA
製本　株式会社KADOKAWA

●お問い合わせ
https://www.kadokawa.co.jp/（「お問い合わせ」へお進みください）
※内容によっては、お答えできない場合があります。
※サポートは日本国内のみとさせていただきます。
※Japanese text only

※定価はカバーに表示してあります。

Printed in Japan
ISBN978-4-04-914091-0 C0193

メディアワークス文庫　https://mwbunko.com/

本書に対するご意見、ご感想をお寄せください。

あて先
〒102-8177　東京都千代田区富士見2-13-3
メディアワークス文庫編集部
「久住四季先生」係